Als Jakob nach einer schweren Erkrankung in die Seniorenresidenz zieht, ist ihm dort zunächst einmal alles fremd. Der neue Lebensabschnitt kam schneller als erwartet und genau genommen auch nicht ganz freiwillig.
In Briefen an seine verstorbene Ehefrau sucht Jakob den vertrauten Halt und lässt sein Leben Revue passieren.
Was der alte Herr nicht ahnt: Er hat in Lotti eine heimliche Mitleserin.

Das Buch »Gedächtniswelten, Jakobs Briefe« entstand in Zusammenarbeit zwischen der Autorin Claudia Krüger und Bewohner/innen der Residia Bad Bevensen GmbH.
Bei regelmäßigen Treffen zwischen Autorin und Bewohnern berichteten diese von schicksalhaften Begegnungen, besonderen Begebenheiten, freudigen oder schmerzvollen Ereignissen auf ihrem Lebensweg.
Die Erzählungen der Bewohner setzte Claudia Krüger wie ein Puzzle neu zusammen, dichtete einiges dazu und erschuf daraus die Geschichte von Jakob, Marie und Lotti, deren Charaktere frei erfunden sind.

Claudia Krüger

Gedächtniswelten

Jakobs Briefe

1. Teil einer Trilogie

In Zusammenarbeit mit Bewohnern der

1. Band Gedächtniswelten, Jakobs Briefe

2015

Lesen Sie auch:

2. Band Gedächtniswelten, Lottis Geheimnis

2016

Bibliografische Information der Deutschen Nationalbibliothek: Die Deutsche Nationalbibliothek verzeichnet diese Publikation in der Deutschen Nationalbibliografie; detaillierte bibliografische Daten sind im Internet über www.dnb.de abrufbar.

2. Auflage
Neuausgabe 2016
Originalausgabe 2015
Copyright @ 2015 by Claudia Krüger
Umschlaggestaltung: Jessica Herzog
(Foto: Claudia Krüger)
Illustration: Claudia Krüger
Alle Rechte vorbehalten.
Herstellung und Verlag:
BoD – Books on Demand, Norderstedt
ISBN: 978-3-7386-1113-7

Manchmal erkennt man den Wert eines
Augenblicks erst dann,
wenn er zur Erinnerung wird.
(Theodor Seuss Geisel)

Marie, 22. Dezember 1958

Marie schaute nach links und rechts den Bahnsteig hinunter. Wo blieb er nur? Ein Blick auf die große Bahnhofsuhr verriet, dass sie pünktlich angekommen war. 10.48 Uhr, ganz nach Plan.

Der Zug, der sie hergebracht hatte, würde erst nach einem zehnminütigen Halt wieder weiterfahren. Vielleicht war Jakob einfach versehentlich beim Studieren der Abfahrts- und Ankunftspläne durcheinander gekommen, versuchte sich die adrett gekleidete blonde Dame selbst zu beruhigen und kuschelte sich noch etwas tiefer in ihren fellbesetzten Wollmantel.

Sie hatte sich extra in Schale geworfen, denn ihr Verlobter wollte sie heute seiner Mutter vorstellen. Nach dem Tod des Vaters war er wieder in das große Haus der Familie gezogen, um diese zu unterstützen.

Marie hoffte inständig, dass Jakobs Mutter und sie einander mögen oder doch zumindest miteinander auskommen würden. Schließlich mussten sie nach der Hochzeit unter einem Dach wohnen.

Jakob war ein Arbeitstier und verbrachte mehr Zeit in der Kanzlei als zuhause, da konnte sich eine Schwiegermutter in den eigenen vier Wänden sowohl als Fluch als auch als Segen entpuppen.

Als Marie gerade in ihrer Handtasche nach dem kleinen Spiegel kramte, um ein letztes Mal das Make-up zu überprüfen, stieß ihr etwas unsanft in die Fersen.

»Aua!«

»Oh, entschuldigen Sie bitte vielmals!«, stammelte eine junge Frau hinter ihr, die hastig versuchte, jenen schweren Koffer wieder aufzustellen, der soeben mit Maries Hacken kollidiert war.

Mit einem dumpfen *Plopp* öffnete sich dessen Schnalle, und zur Bestürzung der ohnehin schon gehetzt wirkenden Reisenden machte der Inhalt des sperrigen Gepäckstückes Anstalten, sich aus seinem engen Gefängnis zu befreien.

»Lassen Sie mich helfen«, sagte Marie und beförderte einige flüchtige Ärmel und Strümpfe wieder in die ihnen zugedachte Behausung zurück.

»Vielen lieben Dank!«, rief die brünette Fremde ihr zu und eilte, nachdem alles wieder verstaut war, samt Koffer in Richtung Zug. »Ich bin sowieso mal wieder viel zu spät dran!«

Bereits eingestiegen, drehte sich die Frau noch einmal mit einem Lächeln zu Marie um und winkte. Plötzlich aber stutzte sie, schaute zuerst auf ihr Handgelenk, dann auf den

Bahnsteig und weiter in jene Richtung, aus der sie gekommen war.

Dem Blick der jungen Dame folgend, entdeckte Marie ein kleines zerrissenes Silberarmband direkt vor ihren Füßen. Sie bückte sich, um es aufzuheben und seiner Besitzerin zu bringen.

Doch als sie, das Kettchen in der Hand, wieder aufsah, hatten sich die Zugtüren bereits geschlossen. Aus dem grauen Lautsprecher über Marie klang es plärrend: »Bitte treten Sie zurück, der Zug fährt gleich ab!« Was sollte sie jetzt tun?

Die Reisende auf der anderen Seite der Zugtür sah Maries fragenden Blick, eilte zum nächstgelegenen Fenster, öffnete es und rief gegen den Bahnlärm gegen an: »Ist schon gut, behalten Sie es! Und vielen Dank noch mal!«

Nachdem der Zug aus ihrem Blickfeld verschwunden war, betrachtete Marie das

Schmuckstück auf ihrer Handfläche.

An dem feinen Silberkettchen hing ein zierlicher Emaille-Anhänger in Form eines bunten Pfaus. Vielleicht hatte er der jungen Frau als Talisman gedient.

Marie beschloss, das Kleinod als gutes Omen für diesen denkwürdigen Tag aufzubewahren, an dem ihr Verlobter allerdings weiterhin auf sich warten ließ. Die Straßen waren glatt, hoffentlich war ihm nichts passiert!

Frierend trat die Wartende von einem Fuß auf den anderen. In die Bahnhofshalle wollte sie nicht gehen, aus Angst, Jakob zu verpassen.

Eine halbe Stunde später bog der Säumige endlich im Laufschritt um die Ecke des großen Gebäudes und rang, völlig außer Atem, nach den passenden Worten.

»Liebste Marie, es tut … mir so leid, aber

ich habe gestern ... lange gearbeitet und danach noch etwas mit Kollegen gefeiert ... und habe heute glatt verschlafen!«

Mit einem reumütigen Hundeblick, der eine Weinbergschnecke dazu gebracht hätte, freiwillig ihr Haus zu verschenken, griff Jakob nach Maries Händen. Diese wusste nicht, ob sie böse sein oder lachen sollte.

Nun gut, das konnte mal passieren, und zumindest war er ehrlich, sagte sie sich und drückte dem erleichterten Jakob einen verzeihenden Kuss auf die Stirn.

Froh darüber, nicht länger alleine in der Kälte stehen zu müssen, hakte sich die junge Frau bei ihrem zukünftigen Mann ein, und so schritten die beiden vom Bahnhofsgelände, einer gemeinsamen Zukunft entgegen.

Jakob, 29. Juli 2014

Verflixt, wo waren nur wieder diese blöden Schuhe? Jakob ließ die Beine über die Bettkante baumeln und ruderte mit den Füßen in der Luft herum. Wenn er den Kopf zu weit nach vorne nahm, um nach unten zu schauen, wurde ihm schwindelig. Der alte Spruch, *die beste Krankheit taugt nichts,* kam ihm in den Sinn.

Ach was, es lag nicht an ihm, es lag an den viel zu hohen Betten, dass er nicht so konnte, wie er wollte. Krankheit, das war etwas für schwache oder alte Leute, aber doch nicht für ihn, Jakob Michalski.

Und überhaupt, wieso blieben die Latschen nicht einfach dort stehen, wo man sie abgestellt hatte? Stattdessen führten sie ein heimtückisches und hinterhältiges Eigenleben, um ihren Besitzer für dumm zu verkaufen.

Das musste es sein! Schließlich waren seine

Beine immer gleich lang, und es war ja nun auch nicht so, dass er jedes Mal um einen oder zwei Meter nach oben oder unten rutschte, wenn er sich ins Bett legte.

Zufrieden, einen Schuldigen gefunden zu haben, angelte Jakob nach dem Drücker für die Notglocke und rief eine Pflegerin herbei. Warum musste das nur wieder so lange dauern?

Mit engelsgleicher Geduld half die herangeeilte Schwester dem missgelaunt wetternden alten Herren in Hemd und Hose.

»Herr Michalski, wollen Sie nicht ein wenig spazieren gehen? Die Sonne scheint, und es ist so schön warm draußen. Sie haben nun fast den ganzen Tag im Bett gelegen, da wird Ihnen ein bisschen Bewegung gut tun.«

Jakob zog mürrisch die Stirn kraus und brummelte in sich hinein. Gleich würde sicherlich noch die Aussage folgen, der Arzt hätte zu kleinen Spaziergängen geraten, er müsse sich jetzt etwas mehr bewegen, umso schneller würde er sich vom überstandenen Herzinfarkt erholen. Schließlich wolle er doch wieder auf die Beine kommen. Aber langsam natürlich, und bloß nicht übertreiben!

Widerstrebend ließ Jakob die Warnung über sich ergehen, er solle sich nicht zu weit vom Haus entfernen.

Dachten die eigentlich alle, er wäre ein kleines Kind, dem man sagen müsse, wann es herauszugehen, zu essen oder zu schlafen habe? Er war Jakob Michalski, ehemaliger Verwaltungsfachangestellter bei der Staatsanwaltschaft und seit nunmehr 82 Jahren auf eigenen Beinen unterwegs. Er brauchte keine Bevormundung, jawohl!

Nun gut, vielleicht war es ja auch gar keine Absicht und sie dachten, sie müssten ihn behandeln wie alle anderen Bewohner dieser

Einrichtung, grübelte Jakob, denn mit Ausnahme seiner Wenigkeit waren ja wirklich nur Senioren hier. Ja, das könnte wohl die Ursache sein.

Als wolle er seine Unabhängigkeit beweisen, schlurfte er trotzig Richtung Hinterausgang, anstatt wie sonst seine kleine Runde auf der großen Terrasse der Pflegestation zu drehen.

Das Wäldchen hinter der Seniorenresidenz sei nett, hatte ihm sein Bettnachbar Alfred erzählt, der schon seit fünf Jahren in der Residenz wohnte und nach einem Krankenhausaufenthalt zur Nachbehandlung in Jakobs Zimmer verlegt worden war.

»Der steckt bestimmt mit denen unter einer Decke«, dachte Jakob, während er die Tür aufdrückte und in den Park hinaustrat.

Lotti, 11. August 2014

Genüsslich, aber beunruhigt, sog Lotti die noch feuchte, frisch duftende Luft ein. Die Holzbank unter ihr fühlte sich kühl und rau an. Erste Sonnenstrahlen blitzten durch das Blattwerk des Ahorns und verhießen einen warmen Spätsommertag.

Sie liebte sie, die Stunden gleich nach Sonnenaufgang. Niemand tauchte plötzlich wie aus dem Nichts auf, um ihr ein Schwätzchen aufzudrängen. Der Park lag in friedlicher Stille und wirkte beinahe jungfräulich.

Nur fernes Geklapper aus der Heimküche verriet ein baldiges Ende der beschaulichen Idylle.

Fast jeden Morgen stahl sich Lotti schon vor dem Frühstück aus der Seniorenresidenz, um Erinnerungen nachzuhängen oder Neues zu überdenken. Sie fühlte sich dabei fast wie ein Kind, das eine Schulstunde schwänzte, um sich im Kino heimlich einen Film anzusehen.

Auch heute hatte sie wieder den Weg zu ihrem Lieblingsort eingeschlagen, der Bank unter alten Bäumen, mit herrlichem Blick über nebelverhangene Wiesen. Ein bisschen wie im Märchenwald, fand Lotti.

Gerade, als sie sich setzen wollte, huschte ein Eichhörnchen den Stamm des Baumes neben der Bank hinauf.

Wie possierlich diese kleinen Wesen doch waren, wie schutzbedürftig sie wirkten! Der Blick der alten Dame folgte dem Tier und fiel auf das große Astloch in der krustig grünen Baumrinde.

Schaute da die Ecke eines Zettels hervor, oder hatten sich Vögel beim Nestbau eines Zeitungsschnipsels aus einem der überall im Park aufgestellten Papierkörbe bemächtigt? Vielleicht waren heute Nacht aber auch mal wieder Jugendliche hier gewesen und hatten ihr Bonbonpapier auf diese einfache Weise entsorgt.

Lotti stellte sich, so gut es ihre schmerzenden Knie zuließen, auf die Zehenspitzen und lugte in das Astloch. Da steckte doch tatsächlich ein ordentlich zusammengefaltetes Blatt Papier zwischen Spänen und krabbelndem Kleingetier.

Vorsichtig zog sie das Blatt hervor und faltete es auseinander. Auf dem Bogen hatte jemand mit krakeliger Schrift ein paar Zeilen verfasst. Ein Brief!

Das leicht vergilbte Schreiben in der Hand, setzte Lotti sich hin und überlegte.

Ein Brief war etwas sehr Persönliches, und die Nase in anderer Leute Sachen zu stecken, gehörte sich ganz und gar nicht. Aber ein klitzekleiner Blick würde gewiss nicht schaden.

Schließlich könnte es vielleicht ein Hilferuf

von jemandem sein. Man las ja neuerdings so einiges in der Zeitung.

So gesehen, führte sie also nur Gutes im Schilde, wenn sie sich des Briefes annahm. Beinahe überzeugt und nicht minder wissbegierig, nestelte Lotti ihre Brille aus der Handtasche und begann zu lesen.

Liebste Marie,   *10. August 2014*

fast zwei Monate bin ich nun schon an diesem Ort. Ich frage mich manchmal, ob Du mich von dort oben sehen kannst.

Mach Dir keine Sorgen, die kümmern sich hier gut um mich. Sie achten immer drauf, dass ich zwei gleiche Socken anziehe und mein Hemd ordentlich in den Hosenbund stecke.

Du siehst also, Dein alter Mann wird bestens versorgt und darf nur fein, nett und adrett vor die Haustüre. Ganz so, wie Du es gewollt hättest.

Und ich bin auch zu allen nett und beschwere mich nicht, denn wie sagtest Du stets: »Man trifft sich immer zweimal, und wer weiß, wozu es noch gut ist.« Kannst mal sehen, ich halte mich auch jetzt noch an Deine Worte!

Für heute habe ich erst einmal genug geschrieben. Meine Hände zittern und ich kann nicht so lange sitzen. Außerdem muss ich auch noch den Weg zurück ins Haus schaffen.

Aber das weißt Du ja bestimmt sowieso schon.

Dein Muckel

P.S.: Aber nenne mich da oben bloß nicht so, wenn Du von mir erzählst!

Ein Schreiben von einem Mann an seine Frau also. Lotti legte den Brief zur Seite und schaute verstohlen über die Schulter.

Man wusste ja nie, wer da vielleicht gerade hinter einem Busch lauerte, eifrig bemüht, auch den kleinsten Fehltritt mitzubekommen, um ihn dann geflissentlich in geheimer Runde auszuplaudern.

Anderer Leute Briefe zu lesen, ziemte sich aber ganz gewiss ebenso wenig wie das leidige Getratsche mancher Mitbewohner, sinnierte Lotti. Was hatte sie sich nur dabei gedacht?

Nun saß sie da, den Brief neben sich, und kam sich fast wie eine Schnüfflerin vor. Selbst die sonst so freundlich wirkenden Birken schienen missbilligend auf die alte Dame herabzuschauen, die vor lauter Verlegenheit sogar vergaß, ihre Lesebrille wieder abzunehmen.

Eigentlich hatte das Schreiben ja wie auf

dem Präsentierteller vor ihr gelegen. Da konnte man doch gar nicht anders, als hineinzusehen, versuchte Lotti sich selbst zu beruhigen. Und so persönlich waren die Zeilen ja nun auch wieder nicht. Jedenfalls, wenn man den Verfasser, so wie sie, überhaupt nicht kannte.

Hastig faltete sie das Papier wieder zusammen und steckte es zurück in das Astloch. Es musste ja niemand wissen.

»Pfui Lotti! Deine Neugierde wird Dich noch Deinen Ruf kosten!«, meinte sie die tadelnde Stimme ihrer Mutter zu vernehmen.

»Viele Jahrzehnte zu spät, liebe Mama!«, das Kind war nämlich längst in den Brunnen gefallen.

Wer mochte dieser fremde Briefschreiber sein? Herzlichkeit war offenbar nicht seine Stärke, so meinte Lotti den Zeilen zu entnehmen.

Sie strich ihren braunen Wollrock glatt,

zupfte das Haarnetz zurecht und machte sich, die Lesebrille auf der Nase und ihr Handtäschchen unter den Arm geklemmt, langsam und nachdenklich auf den Weg zurück zum Haus, wo der Frühstückstisch bereits darauf wartete, von ihr gedeckt zu werden.

Eine kleine Aufgabe, die sich die alte Dame gleich zu Beginn ihres Heimaufenthaltes selbst auferlegt hatte. Denn, so hielt sie stille Zwiesprache mit ihrer längst verstorbenen Mutter, hilfsbereit war sie zumindest, wenn schon nicht brav und gleichgültig.

Die Parkbank, 14. August 2014

Unsicher spähte Jakob in das dunkle Baumloch vor sich. Ah, da war er ja, der Brief, also schien sein Versteck sicher zu sein. Zufrieden setze er sich auf die Parkbank, die er bei seinem ersten kurzen Spaziergang durch den kleinen Park der Seniorenresidenz gefunden hatte.

An dieses Ende des Parks verirrte sich kaum jemand, die meisten Bewohner bevorzugten bei schönem Wetter ohnehin die Terrasse auf der anderen Seite der Residenz.

Jakob war das nur recht, er liebte die Einsamkeit. Sogar in über fünfzig Jahren Ehe war er ein Eigenbrötler gewesen. Aber seine Marie, die vermisste er trotzdem. Niemals hätte er gedacht wie sehr.

Auf die Nerven ging sie ihm in ihrer gemeinsamen Zeit dennoch manchmal, oh ja.

Fast schien sich ein Stück von Marie der Ärzte und Pflegerinnen dieses Heimes bemächtigt zu haben, falls so etwas überhaupt möglich war. Leider nicht der Teil, der ihm jeden Donnerstag leckere Pellkartoffeln mit Speckstippe kredenzte. Nein, jener Part, der für nahezu jede seiner Handlungen eine, in seinen Augen, völlig unnötige Bemerkung parat hielt.

Auf unheimliche Weise ähnelten die Anweisungen des Heimpersonals nämlich Maries ehemaligem Rumgenörgele an Jakobs, wie er meinte, doch gar nicht mal so unangenehmen Eigenschaften.

Seinen Gedanken nachhängend, starrte er auf die Wiese vor sich. Der Tag war sehr warm gewesen, die Abendsonne tauchte Gräser und Bäume in orangefarbenes Licht.

Vögel im Blattwerk über ihm stimmten ihr melancholisches Abendlied an, vom monotonen Gezirpe der Grillen begleitet, die sich irgendwo, dem flüchtigen Blick verborgen, am Wegrand versteckten.

Jakob kamen Bilder aus längst vergangenen Tagen in den Sinn. Marie und er mit Freunden, an einem lauen Sommerabend wie diesem, auf der Terrasse ihres kleinen, gediegenen Einfamilienhauses. Fast meinte er, den Duft der Grillkohle riechen zu können.

Liebste Marie,   *14. August 2014*

Wie geht es Dir dort oben? Alles, was mir hier unten an Privatem geblieben ist, scheint diese Parkbank zu sein. Nicht wirklich bequem, das alte Ding, aber immerhin ist die Aussicht schön.

Wenn ich hier so sitze, muss ich daran zurückdenken, wie Du an Sommerabenden früher gerne unsere Freunde zum Grillen eingeladen hast. Einfach so, aus einer Laune heraus.

Da kam ich ahnungslos von der Arbeit nach Hause, und da saßen sie: Eine aufgerüschte Inge mit ihren Klagen über die Schwiegermutter und Reinhard mit Endlosgeschichten aus dem Taubenzüchterverein. Was ist mir das manchmal auf die Nerven gegangen!

Du wirst es nicht glauben, aber jetzt gerade würde ich meine letzte Unterbüxe herschenken für ein Stündchen auf unserer Terrasse. Sogar mit Inge und Reinhard. Da staunst Du, was?

A apropos Unterbüxe: Stell Dir vor, meine Unter-

wäsche hat jetzt Initialen. Sie nähen Zettel ein, damit die Teile in der Wäscherei nicht verwechselt werden. Gestatten, Herr Unterhemd Von und Zu!

Ja, ein schönes gegrilltes Stück Bauchfleisch, das wäre jetzt was! Stattdessen kriege ich mein Abendessen mit kaum Margarine auf dem Brot und einer Scheibe Salami, durch die man Zeitung lesen kann.

»Sie müssen auf Ihre Cholesterinwerte achten!«, sagen die dann. Ha! Als ob mich so ein bisschen Fett umhauen könnte, ich bin schließlich nie krank gewesen. Kaum einen Tag habe ich gefehlt in all meinen Dienstjahren.

So, ich muss jetzt mal wieder gehen, mein Herz bummert wie verrückt. Wird wohl die schwüle Luft dran schuld sein. Das war aber auch nicht auszuhalten heute!

Gute Nacht,

Dein Muckel

Schmunzelnd sah Lotti vom Brief auf. Die letzten Tage hatte sie jedes Mal, wenn sie an ihrer Bank vorbeikam, ganz beiläufig ins Astloch gespäht und eigentlich schon gedacht, das erste Schreiben wäre eine einmalige Angelegenheit gewesen. Aber da lag er heute, der zweite Brief, ordentlich zusammengefaltet über dem ersten, als hätte er nur auf sie gewartet.

Vermutlich stammte er von einem neuen Heimbewohner auf der Pflegestation. Wer dort neu einzog, kriegte man in den anderen Wohnbereichen meist gar nicht mit. Manchmal blieben die Leute nur einige Wochen zur Pflege und gingen wieder in ihr gewohntes Zuhause, wenn sie sich erholt hatten oder die betreuende Familie aus dem Urlaub zurückkam.

Sie selber hatte nach einem Krankenhausaufenthalt, wegen schwerer Lungenentzündung, eine Zeitlang im Pflegebereich gelegen, weil sie für die Rückkehr in die eigenen vier Wände noch zu schwach gewesen war.

Bis auf ihre Tochter, die als Pflegekraft in der Residenz arbeitete, wohnten all ihre erwachsenen Kinder weit weg und hatten ihre Arbeit und Familie, die sie nicht einfach so verlassen konnten.

Außerdem war Lotti der Gedanke zuwider, jemandem zur Last zu fallen, und auch sie wollte ihre Eigenständigkeit bewahren und sich nicht in ihrem Alter noch einmal dem Rhythmus einer Familie mit kleinen Kindern unterordnen.

Letztendlich war sie zu dem Entschluss gekommen, das Haus, das nach Gustavs Tod viel zu groß für sie alleine geworden war und reichlich Arbeit machte, zu verkaufen und ganz in die Residenz zu ziehen.

Obwohl das nun schon eine ganze Weile

zurücklag, war die alte Dame froh, wenn sie sich überhaupt die Namen der Leute in ihrem eigenen Wohnbereich merken konnte. Gerade wenn man, so wie sie, ein hübsches Einzelzimmer sein Eigen nannte, blieb man gerne auch mal für sich. Von den vielen Freizeitangeboten mal abgesehen, bei denen gemeinsam gesungen, gebastelt oder geturnt wurde.

Ab einem gewissen Alter war man allerdings eher damit beschäftigt, die eigenen widerspenstigen Beine während der Sportstunde unter Kontrolle zu halten, als mit seinen Mitmenschen Konversation zu betreiben, gestand sich Lotti mit einiger Wehmut ein.

Auch wirkte es, als würden viele ihrer Mitbewohner stetig ein bisschen mehr in ihrer eigenen Welt versinken. Einer geheimen Welt voller Geschichten, die nur die Regenten und ihre sich zusehends verkleinernde Heerschar kannten.

Je älter man wurde, desto wertvoller erschien jedes Gefühl, jedes Ereignis, das einem im Laufe des langen Lebens widerfahren und im Gedächtnis geblieben war.

Nicht jeder teilte diese Schätze gerne, nicht jeder der Menschen um Lotti herum war noch in der Lage, sie zu teilen.

Bereits vor dem Umzug ins betreute Wohnen schien es ihr von Jahr zu Jahr schwerer, neue Gesellschaft oder einfach nur einen Gesprächspartner zu finden, der die gleiche Zeitspanne erlebt, sich über dieselben politischen Ereignisse geängstigt oder praktischen Neuerungen gefreut hatte wie sie.

Dabei war Lotti eigentlich ein sehr geselliger Mensch. Als ihre Kinder noch klein waren, hatten sie und ihr geliebter Gustav immer jede Menge Trubel im Haus gehabt. Grillabende waren oft zu wahren Würstchenschlachten ausgeartet, vor allen Dingen, wenn die Rangen mal wieder ihren halben Freundeskreis mitzubringen gedachten.

Waren die Kinder dann endlich nach vielen Wenns und Abers im Bett, saßen die Erwachsenen häufig noch bis in die Nacht hinein bei Lampionschein und Sangria draußen und ließen sich von den Mücken zerstechen.

Schön war es gewesen, wenngleich auch sehr anstrengend, aber Lotti wollte keine Minute dieser vor Leben strotzenden Erinnerungen missen.

Langsam erhob sich die alte Dame von der Parkbank und legte den Brief sorgfältig zurück an seinen Platz.

Die Straße der Wartenden, 20. August 2014

Draußen wollte es einfach nicht aufhören zu regnen. Wie schon als Kind lehnte Jakob mit der Stirn an der tropfenverhangenen Fensterscheibe und drückte seine Nase platt, um einen möglichst weiten Blick über die Straße und die vorbeirauschenden Autos zu erhaschen.

In seinem Kopf wurde ein Chorus aus Mutter und Ehefrau laut: »Die Flecken am Fenster machst du aber nachher selbst wieder weg!« Darin waren sie sich einig gewesen. Wenigstens das schrieben sie einem hier nicht vor.

Angestrengt überlegte Jakob, ob heute neben der alltäglichen Routine, bestehend aus Medikamentengaben, Diätkost und kurzen Pläuschchen mit dem Zimmergenossen, noch etwas anstand.

Auf die Parkbank würde er bei diesem

Wetter jedenfalls nicht fliehen können. Sein Bettnachbar war zu irgend einer Untersuchung abgeholt worden, und die nächste Mahlzeit lag noch ein paar Stunden in der Zukunft.

Wunderbar, dann würde er jetzt mal die Ruhe genießen, seine Beine ausstrecken und sich mit einem neuen Rätselheft befassen.

Jakob wollte gerade die Hausschlappen am gewohnten Platz abstellen und es sich mit hochgestelltem Kopfteil auf dem Bett gemütlich machen, da beendeten schnelle Schritte je die bis dato harmlose Stille.

Dieser energische Stakkatogang ließ das Bild eines schmalen, nett, aber bestimmt schauenden Gesichtes vor seinem inneren Auge aufblitzen. Die Ergotherapeutin. Wie hieß sie noch gleich?

Und die Singstunde! Die hatte er glatt vergessen. Dabei vergaß er doch sonst nie etwas.

Fast nie jedenfalls.

Ach nein, nicht doch! Nicht singen! Leidiges Gruppengeträllere hatte er schon früher gehasst, wenn auf Fahrradtouren mit dem Freundeskreis irgendwo am Wegesrand das obligatorische Päuschen eingelegt wurde und ihm sein wertes Weib eine Liederfibel anstelle eines anständigen Mettbrötchens in die Hand drückte.

»Erst wird gesungen, dann wird geschlemmt!«, hörte er Marie sagen.

»Sitz du mal nach einem Herzinfarkt im Seniorenheim, da bekommt das Wort Schlemmen gleich eine ganz neue Bedeutung!«, antwortete Jakob ihr im Geiste beim Gedanken an die ihm auferlegte fettarme Diät.

»Guten Tag, Herr Michalski, ich wollte Sie zu unserer Singstunde abholen«, wurde er herzlich von der hochgewachsenen Therapeutin begrüßt.

»Guten Tag, Frau …«, linkisch schielte Jakob auf das Namensschild am Strickpullover der aufmunternd dreinblickenden Therapeutin, »ähm, Frau Jansen. Ich fühle mich heute so gar nicht wohl, der Rücken, wissen Sie. Und eigentlich wollte ich mich gerade ein wenig in die Waagerechte begeben.«

»Ach, Herr Michalski, das schaffen Sie schon«, erwiderte Frau Jansen entschieden und hakte sich beim resigniert dreinschauenden Jakob unter.

Ehe er sich versah, wurde Jakob ausgerechnet jenen Gang hinunter bugsiert, den er bislang tunlichst vermieden hatte, war in diesen Fluren doch meist gleich eine ganze Armada an Pflegerinnen, Pflegern und sonstigen Mitarbeitern des Hauses anzutreffen.

Und die kamen bei seinem Anblick womöglich auf die Idee, ihm noch eine Essensregel, eine Sportstunde oder sonst irgendwas, das wohl zum Leben eines Senioren dazu zu gehören hatte, aufzudrücken. Ach nein, da blieb er doch lieber in seinem gewohnten Refugium.

Am Ende des Flures angekommen, bogen sie um eine Ecke. Frau Jansen drückte Jakob sanft in einen der an der Wand aufgereihten Stühle gegenüber einer großen Fensterfront, in deren Mitte sich der Haupteingang befand.

»Herr Michalski, ich muss Sie noch einen Moment alleine lassen, komme aber gleich wieder und begleite Sie in die Singstunde, wo Sie doch heute das erste Mal dabei sind«, sagte die Ergotherapeutin und verschwand in einer Tür mit der Aufschrift *Verwaltung*.

Während Jakob noch überlegte, ob dies nicht die passende Gelegenheit für einen dezenten Rückzug wäre, wanderte sein Blick ein Stück weit den Gang hinunter, wo weitere Heimbewohner zu beiden Seiten des Flures saßen, einige von ihnen in Rollstühlen.

Die Bewohner auf Jakobs Seite schauten aus einem der großen Fenster in den Regen hinaus, während die gegenüber sitzenden Damen und Herren ihren Blick angelegentlich auf eine Glaswand richteten, hinter der sich anscheinend ein Fernseher verbarg. Angesichts der versunkenen Mienen vermutete Jakob, dass dort wohl gerade eine spannende Sendung lief.

Er saß zu weit entfernt, um den Fernsehton hören zu können oder zu sehen, was sich auf der Mattscheibe abspielte, nahm sich aber vor, sich ein andermal dazu zu setzen, verpasste er doch schon seit Wochen seine geliebte Tagesschau und den sonntäglichen Frühschoppen.

Plötzlich nahm Jakob aus den Augenwinkeln eine Bewegung wahr. Da stürmte, mit weit ausholenden Schritten, eine Gitarre in der Hand, ein Mann auf die gläserne Eingangstür zu.

Diese öffnete sich mit einem lauten Ächzen, als wolle sie hierdurch ihre Solidarität mit den knarrenden Gelenken der meisten Hausbewohner bekunden.

Der Herr mit dem Instrument nickte kurz in Jakobs Richtung und eilte auf die Leute am anderen Ende des Ganges zu. Während dieses Auftritts wippte die eine Hälfte seines dunklen, seitengescheitelten Haares bei jedem Schritt auf und ab. Mit einem schmetternden »guten Tag, die Herrschaften!«, bog er flott in eine Tür ein.

Wie durch Geisterhand kam Bewegung in die Rollstuhlreihen. Flottengleich folgten die Bewohner mit und ohne Gefährt jener Person, die Jakob insgeheim den *Gesangskapitän* taufte.

Jetzt trat auch Frau Jansen wieder auf den Gang hinaus, hakte Jakob unter und geleitete ihn zur Tür neben der Glaswand, die einen

Saal vom Flur abtrennte.

Sein Blick glitt suchend durch den großen Raum jenseits der durchsichtigen Scheibe, hinter der es nichts als Tische und Stühle zu sehen gab.

Aber wo war er denn nun, der Fernseher?

Liebste Marie,   *20. August 2014*

gewiss hast Du von dort oben meine Singstunde mitbekommen und Dich köstlich amüsiert.

Meine Güte, dass ich in meinem Alter noch mal »Hoch Auf Dem Gelben Wagen« trällern würde, hätte ich mir auch nicht träumen lassen. Und danach gab es noch nicht einmal Mettbrötchen.

Hast Du die Menschen gesehen, die dort im Flur saßen? Ohne den Blick auch nur einmal abzuwenden, schauten sie durch die Glasscheibe in den großen Saal, als wenn dort das Ereignis des Jahrhunderts im Fernsehen stattfinden würde. Dabei gab es dort gar keinen Fernseher. Dieser Anblick macht mir Angst. Mir wird bewusst, dass ich keine 20 mehr bin. Auch keine 40 oder 60.

Ich bin jetzt ein alter Mann unter anderen alten Menschen. So sieht es aus. Es gibt keine Zurück-Taste wie früher an unserem alten Videorekorder.

Damals wollte ich meine Ruhe, nun beginnt sie,

mir Angst zu machen. Freiwillig alleine zu sein, ist etwas ganz anderes als Einsamkeit.

Es gibt kein Mariechen mehr, das mich zum Frühstück ruft, keinen Chef, der mitten im Urlaub anklingelt, weil er sich in seinen eigenen Unterlagen nicht zurechtfindet.

Mir kommt es vor, als wäre ich plötzlich aus einem langen Traum erwacht, in dem ich mein schönes Leben geträumt habe, und nun ist es kurz vor sechs Uhr und in zehn Minuten klingelt der Wecker. Eine Schonfrist bleibt noch bis zum Aufstehen, aber der eigentliche Traum ist wohl vorbei.

Man hat mir das Lesen und das Schreiben beigebracht. Ich habe gelernt, wie man anständig zu Tische sitzt oder wie man Akten ordnet.

Aber auf eines hat mich niemand vorbereitet: Das Alter. Warum gibt es keine Kurse, in denen man lernt, wie man damit umgeht, wenn es fast niemanden mehr gibt, der die eigene Geschichte teilt?

Wie man seine Rente am besten finanziert und dabei ordentlich Geld in die Mäuler gieriger Ver-

sicherungen stopft, ja, das bekommt man jeden Tag in der Flimmerkiste und Zeitung zu sehen.

Aber der so genannte goldene Herbst des Lebens erwischt einen mitunter kalt.

Irgendwann ist auch das letzte hübsche bunte Blatt vom Baum geweht. Und dann?

Fast schäme ich mich dafür, dass ich früher gejammert habe, wenn Du mich aus dem Haus gescheucht hast, damit ich mir an der frischen Luft die Beine vertrete. Was würden diese Menschen in ihren Rollstühlen wohl darum geben, noch einmal auf eigenen Füßen den Wald erkunden zu dürfen?

Zumindest DAS kann ich noch, und wie ich Dich kenne, würdest Du mir sagen, ich solle dafür dankbar sein. Und wahrscheinlich hast Du recht.

Ich vermisse Dich so sehr.

Dein Muckel

Armer Briefschreiber. Lotti kannte solche quälenden Gedanken. Dabei hatte sie es sehr viel einfacher gehabt, diesen neuen Lebensabschnitt zu beginnen.

In die Seniorenresidenz zu ziehen, war ihr derzeit wie eine große Erleichterung vorgekommen. Sie kannte die Einrichtung, weil sie ihren Gustav jahrelang jeden Tag hier besucht hatte, nachdem sie körperlich nicht mehr in der Lage gewesen war, ihn zuhause zu pflegen.

Und dadurch, dass sie ihre Tochter jetzt sogar öfter sah als früher, hatte sich der Umzug ein Stück weit angefühlt, als wäre sie nach Hause gekommen. Ein bisschen wie Urlaub sogar, wenn man bedachte, wie gut es ihr hier ging.

Lotti hatte viele Dinge aus ihrem großen Haus mitgebracht, das ohne die Kinder und ihren Mann über die Jahre immer leerer geworden war. Was sie nicht in ihrem eigenen kleinen Zimmer unterbringen konnte, schenkte sie der Residenz. Auf diese Weise entdeckte sie immer mal wieder ein Stückchen Zuhause in Form einer Patchworkdecke über der Sofalehne oder eines Kissens auf einem der Sessel im Gemeinschaftsraum.

Sie fühlte sich wohl hier. Der Tonfall zwischen Pflegerinnen und Bewohnern war angenehm, für jeden wurde sehr gut gesorgt.

Obwohl die Betreuer, wenn es deren knapp bemessene Zeit erlaubte, ein offenes Ohr für die Senioren hatten, vermisste aber selbst Lotti in manch einer Stunde einen vertrauten Menschen, der den Heimalltag auf einer Augenhöhe mit ihr teilte, dem sie Alterswehwehchen nicht erst erklären musste, weil er selbst reichlich davon hatte.

Früher, da war vieles anders gewesen, da lebte man oft sein Leben lang am selben Ort und in der Großfamilie. Nachbarn kannten sich, man wurde zusammen alt. Aber so war er nun mal, der Wandel der Zeiten.

Und einfacher, das gestand sich Lotti ein, war es auch damals sicherlich nicht gewesen.

Die Turnstunde, 16. September 2014

Das war nun das schwere Los des Gesundwerdens. Als wären Singstunden noch nicht genug, wurde Jakob von Schwester Ilse, eine seiner Lieblingspflegerinnen, denn ihre molligen Rundungen und ihr Fliederduft erinnerten ihn irgendwie an das Kindermädchen, das vor vielen Lenzen in seinem Elternhaus seinen Dienst getan hatte, zur Sportstunde abgeholt.

Kaum war man in der Lage, einen Fuß vor den anderen zu setzen, schienen die Krankengymnastikstunden alleine nicht mehr zu reichen, lamentierte der eigentlich schon recht mobile Jakob im Inneren vor sich hin, obwohl er sich doch eigentlich vorgenommen hatte, bei der Klage über etwaige Beschäftigungsangebote zukünftig etwas zurückhaltender zu sein.

Im Gemeinschaftsraum der Seniorenresidenz wartete bereits Frau Jansen in einem Stuhlkreis, inmitten weiterer Bewohner, die Jakob größtenteils noch nicht kannte.

Schwester Ilse begrüßte die Ergotherapeutin mit ein paar kollegialen Worten, wies Jakob auf ihre mütterliche Art einen Sitzplatz zu und eilte schnellen Schrittes zurück in Richtung Pflegestation.

Etwas beklommen, denn Fremder unter Fremden zu sein, lag dem alten Herren überhaupt nicht, wanderte sein Blick durch den Kreis der Mitstreiter.

Ein Mann direkt neben der Ergotherapeutin, des Wartens offensichtlich müde, nickte mehrfach ein, um mit einem lauten Schnarcher wieder hochzuschrecken, sobald das Kinn die Brust berührte.

Auf der anderen Seite saß eine Frau im Rollstuhl, die das Spitzentaschentuch in ihrer linken Hand knetete und interessiert zur Tür blickte, als nach Jakob noch weitere Bewohner eintrafen. Einige alleine, andere bei Pflegern oder Pflegerinnen untergehakt oder einen Rollator vor sich herschiebend.

Eine Dame mit einem Haarnetz über den grauen Locken und einer Lesebrille um den Hals schien Jakobs Unsicherheit zu spüren und nickte ihm aufmunternd zu.

Stühle wurden dazu geholt, der Kreis größer gerückt, und schon ging es los mit Übungen im Sitzen und im Stehen, begleitet von humorigen und aufmunternden Bemerkungen der Therapeutin.

Jakob, das musste er sich widerstrebend eingestehen, fand direkt ein bisschen Spaß an der Sache.

»So, jetzt wollen wir zum Abschluss noch mal ordentlich in Schwung kommen«, hörte er Frau Jansen sagen. Sie erhob sich und ging zum Kassettenrekorder auf dem Regal.

„One two three o'clock four o'clock rock!", schallte es schnarrend aus den kleinen Lautsprechern und während er, zugegeben nicht ganz so anmutig wie die schlanke Therapeutin, die Hüften und Arme zur Musik kreisen ließ, tauchten Jakobs Gedanken ab in eine längst vergessen geglaubte Zeit.

Tanz in den Mai, 30. April 1957

Nervös trat Jakob von einem Bein auf das andere und nestelte an der Fliege, die ihm in seiner Aufregung die Luft nahm. Da saß sie nun, seine Angebetete, zusammen mit einigen Freundinnen, am anderen Ende des Festsaals.

Zum ersten Mal hatte er Karla gesehen, als er in der Arbeitspause auf einen Kaffee und eine Wurstsemmel in der kleinen Stadtbäckerei einkehrte, die sich in einer Nebengasse nahe der Anwaltskanzlei befand, in der Jakob seine Lehre zum Buchhalter absolvierte.

»Karla, sei doch so lieb und schenke dem jungen Herrn einen Kaffee ein!«, hörte er die Chefin hinter dem Tresen sagen, und schon näherte sich das hübsche junge Mädchen Jakobs Stehtischchen, just, als dieser gerade in sein Brötchen beißen wollte. Ein Blick auf ihre mit Sommersprossen gesprenkelte Himmelfahrtsnase und die Grübchen, die sich beim Lächeln neben ihren Mundwinkeln bildeten, und es war um ihn geschehen.

Unnötig zu erwähnen, dass Jakob von nun an den Semmelabsatz der Bäckerei erheblich steigerte, aber Karla anzusprechen, das hatte sich der ansonsten gar nicht mal so schüchterne junge Mann nie getraut. Lieber gab er sich der Träumerei hin als einer Abfuhr, denn, das wurde ihm bereits beim ersten Stelldichein und einem Blick auf die männliche Kundschaft des Ladens klar, das Mädchen wurde von weitaus attraktiveren und reiferen Herren umworben als dem linkisch dastehenden Jakob.

So wusste er nicht mal ihren Nachnamen, geschweige denn, wo sie wohnte. Sie hier und jetzt beim Tanz in den Mai zu sehen, traf ihn gänzlich unerwartet.

Das sonst zu einem Zopf gebundene braune Haar fiel Karla heute in Locken auf die Schultern. In ihrem blauen Cocktailkleid sah sie einfach bezaubernd aus, und nicht nur Jakobs Blick blieb immer wieder auf dem hübschen Mädchen haften.

Er musste wohl ein wenig zu sehr gestarrt haben, denn nun schaute auch sie zu ihm herüber, nur ganz kurz, und senkte dann den Blick auf ihre im Schoß zusammengefalteten Hände.

Dem armen Jakob schoss vor Verlegenheit das Blut in die Wangen und brachte zu allem Überfluss auch noch seine leicht abstehenden Ohren zum Leuchten.

»Nun mach schon oder willst du bis zum nächsten Tanz in den Mai warten?!«, raunte Arnold neben ihm und rammte Jakob unsanft den Ellbogen in die Seite. »Wenn nicht jetzt, wann dann?«

Arnold, sein bester Freund seit Kindertagen, hatte sich schon seit Wochen Jakobs hoffnungslose Schwärmereien für die unbekannte Schöne anhören müssen und war des Themas, geschweige denn seines gefühlsduseligen Freundes, langsam leid.

„Ja, wann dann? Auf in den Kampf!" Unsicheren Schrittes setze Jakob einen Fuß vor den anderen. Dabei bemühte er sich geflissentlich, nicht im Takt von *Rock Around The Clock* zu gehen, das die Tanzkapelle gerade auf der kleinen Saalbühne angestimmt hatte.

Da, jetzt schaute Karla schon wieder in seine Richtung. Angestrengt nach Worten suchend, mit denen er sie zu einem ersten Tanz auffordern konnte, entging Jakob ein Pärchen, das ungebremst auf ihn zuwirbelte. Ein kräftiger Rempler und er rotierte, die Arme wie in einem abstrakten Balztanz von sich gestreckt, um die eigene Achse.

Das bohnerwachspolierte Parkett schien in

Zeitlupe auf Jakob zuzuschweben. Eine deftige Landung auf dem Hosenboden, gefolgt von einer weiteren schwungvollen Pirouette mit in der Luft rudernden Beinen, beendete jäh diese eigentümlich anmutende Darbietung.

Herrje, wer kam bloß immer auf die blödsinnige Idee, die Tanzfläche in eine Eislaufbahn zu verwandeln!? Jakob rappelte sich umständlich hoch auf die Knie, rieb sein schmerzendes Hinterteil und sah auf, um direkt in Karlas belustigtes Gesicht zu blicken. Dieses befand sich nun allerdings gut einen halben Meter über ihm und nicht mehr in sicherem Abstand auf der anderen Seite des Saales.

Die zuvor schon rot getönten Ohren zwischen Jakobs ehemals ordentlich pomadisierten Haaren erlangten jetzt den Farbton eines durchgegarten Krebses, während er vergeblich versuchte, seinen Aufstieg von den Knien auf die Füße zumindest halbwegs elegant aussehen zu lassen und gleichzeitig die in Unordnung geratene Frisur glatt zu streichen.

»Na, das nenne ich mal eine gekonnte Vorstellung!«, scherzte Karla, umringt von ihren kichernden Freundinnen.

Jakob, inzwischen erfolgreich in der Senkrechten angekommen, versuchte, die Fassung wieder zu erlangen, was angesichts der schadenfroh klatschenden Menge um ihn herum keine Leichtigkeit darstellte. Ein Tusch von der Tanzkapelle setzte seiner Verlegenheit die Krone auf.

Natürlich waren die anderen Tänzer stehen geblieben und hatten belustigt seine unfreiwillige Unterhaltungseinlage beobachtet. Hilfesuchend schaute Jakob zu Arnold jenseits der Tanzfläche, doch dieser tat, als würde er gar nicht zu ihm gehören. Nun denn, schlimmer konnte es ja nicht mehr kommen.

»Schenken Sie mir zur Belohnung den nächsten Tanz?«, versuchte sich Jakob mit einer ungelenken Verbeugung aus seiner peinlichen Lage zur retten.

»Nun, ich denke, es dürfte nicht schaden, wenn Sie beim Tanzen jemanden haben, an dem Sie sich festhalten können«, erwiderte Karla und reichte ihm mit einem verschmitzten Lächeln die Hand.

Autsch, das saß! Eigentlich hatte er sich das Ganze etwas anders, irgendwie würdevoller vorgestellt, aber die Not heiligte bekanntlich die Mittel.

Es blieb an diesem Abend zum Glück bei dem einen Ausrutscher, nicht aber bei dem einen Tanz.

Liebste Marie,   *16. September 2014*

ach herrje, da fallen mir doch wirklich jetzt, als alter Mann, meine Jugendsünden wieder ein.

Ich hoffe, Du nimmst es mir nicht übel, dass ich Dir nicht alles gebeichtet habe, was vor unserer gemeinsamen Zeit lag.

Eigentlich haben wir niemals darüber geredet, wer oder was wichtig für uns war, bevor wir uns trafen. Dabei gab es doch sicherlich auch für Dich ein Leben vor dem Jakob.

Manch einen betrübten oder nachdenklichen Gesichtsausdruck von Dir habe ich nur allzu gern übersehen, weil das, was womöglich an Gefühlen dahinter verborgen lag, unbequem für mich gewesen wäre.

Und vielleicht, nein, sicher sogar, habe ich es ebenso oft gar nicht erst bemerkt, wenn Dir etwas auf der Seele lag. Da war dann die Arbeit wichtiger, oder meine eigenen Probleme hatten Vorrang.

Was waren überhaupt Deine Sorgen, Ängste und Freuden?

Habe ich Dich, mein Mariechen, haben wir uns überhaupt richtig kennengelernt in all den Jahren?

Am Ende trägt wohl jeder so manches Geheimnis in sich, unsichtbar, dem Liebsten auf immer und ewig verborgen.

Nicht alles ist dazu geeignet, es den anderen wissen zu lassen. Vieles könnte falsch verstanden oder wichtiger genommen werden, als es tatsächlich war oder ist und unnötig Schmerzen bereiten.

Einiges jedoch hätte uns vielleicht noch enger zusammen geführt, hätten wir nur den Mut gehabt, es auszusprechen oder zu erfragen.

Stattdessen habe ich all die schlimmen Eindrücke, die ich von der Arbeit mit nach Hause brachte, tief in mir vergraben, viel zu oft auch mit Schnaps zu ertränken versucht.

Ich wollte Dich nicht belasten, wollte stark und unverwüstlich wirken und habe bei Dir vermutlich genau das Gegenteil dadurch bewirkt.

Heute kann ich mich glücklich schätzen, dass Du trotzdem zu mir hieltest. Sogar das nasse Hemd, das Du mir nach einer durchzechten Nacht vor vielen Jahren förmlich um die Ohren gehauen hast und die zahlreichen Standpauken, kann und darf ich Dir nicht übel nehmen.

Genau genommen warst Du die Stärkere von uns beiden. Ich wusste das damals schon, hätte es mir aber niemals eingestanden. Und Dir schon mal gar nicht.

Ich danke Dir für all die Jahre, all das Verständnis und Deine Geduld.

In Liebe,

Dein Muckel

Den Brief auf ihrem Schoß, zog Lotti fröstelnd ihre graue Wolljacke enger um sich. Der Herbst nahm Einzug und mit ihm ein kühler Wind, der sich durch Kragen und Ärmel stahl und die bunt werdenden Blätter an den Ästen über der alten Dame zum Tanzen brachte.

Bald würde sie ein kleines Kissen mitnehmen müssen, wenn sie es weiterhin auf ihrer Parkbank gemütlich haben und sich nicht den Allerwertesten verkühlen wollte.

Jakobs Frau, so dachte Lotti, hatte es bestimmt nicht immer leicht mit ihrem Mann gehabt. Er schien klug und eigenwillig zu sein, was mitunter eine reichlich schwierige Mischung sein konnte. Körperlich ging es ihm offensichtlich besser, denn der weinerliche Tonfall, den die alte Dame beim Lesen seiner ersten Briefe fast hörbar zu vernehmen geglaubt hatte, war beinahe verschwunden.

Welch ein Unterschied zu ihrem verstorbenen Gustav. Niemals hatte sie ihn klagen hören, immer hatte er sich umsichtig gezeigt, wenngleich ihr gemeinsames Leben zu Anfang alles andere als einfach gewesen war.

Lottis Imbiss, 30. Juni 1958

»Ach Lotti, bestimmt wird sich alles bald fügen!«, versuchte Gustav seine junge Gattin zu beruhigen und legte beschützend den Arm um ihre schmalen Schultern.

Lotti, das Gesicht in die Hände gestützt, schaute mit gerunzelter Stirn auf das Rechnungsbuch vor sich, dessen Einträge ihr beinahe hämisch vor den Augen zu tanzen schienen, und seufzte tief. Zu gerne wäre sie mit der scheinbar niemals endenden Gelassenheit ihres Ehemannes gesegnet. Sie konnte auf die Zahlen starren, soviel sie wollte, es würde einfach kein Plus vor dem gerade errechneten Endbetrag auftauchen.

Mit der Miete für ihren kleinen Imbiss waren sie bereits seit drei Monaten im Rückstand. Da half auch das klägliche Beibrot, das bei der stundenweisen Vermietung ihres Kellerraumes an einen Gitarrenlehrer abfiel, herzlich wenig.

Nun drohte Herr Schmidt, ihr ohnehin meist missgelaunter Vermieter, kurzen Prozess zu machen und sie im nächsten Monat vor die Tür zu setzen.

»Sie schaffen das doch nicht!«, hatte er gesagt, »Sie haben einfach nicht den Schneid dazu!« Lotti schluckte beim Gedanken an die unangenehme Auseinandersetzung.

Im Gastraum duftete es verführerisch nach Brühwurst. Bald war Mittagszeit, und an den Tischen vor dem Tresen, auf dem die junge Frau gerade die Monatsabrechnung machte, würden sich Mitarbeiter aus der Belegschaft des kürzlich nebenan eröffneten Autohauses einfinden und sich Erbsensuppe oder Kartoffelsalat mit Würstchen schmecken lassen.

Lotti war zum Heulen zumute. So viel Kraft und Zeit hatte es gekostet, ihr kleines

Reich aufzubauen.

Gustav war als Kind eines Metzgers aufgewachsen und hatte nach seiner Ausbildung die Fleischerei mit seinem Vater zusammen weitergeführt. Lotti lernte ihn in der Eisdiele neben dem Schwimmbad kennen, kurz nachdem sie vor einem Jahr mit ihrer Familie zusammen in die Großstadt gezogen war.

Der Sommer zeigte sich von seiner besten Seite, es waren Schulferien und an Lottis Tisch stand der letzte freie Stuhl im ganzen Eiscafé.

Gustavs Blick schweifte durch den überfüllten Raum, der von fröhlichem Stimmengewirr und Gläserklappern erfüllt war. Es roch nach nasser Kleidung, Sonnenöl und frischen Erdbeeren. Mütter wischten ihren Kleinkindern das Eis aus dem Gesicht, eine Schlange Wartender in Badelatschen und mit Badehauben auf dem Kopf reihte sich vor der Theke, an der es die kühle Köstlichkeit für 10

Pfennige die Kugel mit Vanille-, Schoko- oder Erdbeergeschmack »auf die Hand« zu kaufen gab.

Der Blick des stattlich gebauten Mannes in kurzen Bundfaltenhosen und Karohemd blieb auf dem leeren Platz neben Lotti haften. Er trat näher und fragte höflich, ob er sich setzen dürfe, was sie gerne bejahte.

Sie fühlte sich etwas einsam in der großen Stadt, eine Arbeitsstelle hatte sie bislang nicht gefunden. Ohnehin musste die junge Frau ihren Eltern derzeit noch häufig zur Hand gehen, denn nach dem Umzug gab es im neuen Haus und Garten allerlei zu richten.

Lottis offene Art ließ Gustav nicht lange zögern, ein Gespräch mit ihr anzufangen. Aus der Unterhaltung entwickelte sich eine herzliche Freundschaft. Schon Wochen danach entspann sich zwischen den beiden eine zarte Liebe.

Zwar gab es auf Lottis Seite niemals den Schwarm Schmetterlinge im Bauch, von denen die Groschenromane erzählten, die sie heimlich vor den tadelnden Blicken ihrer Eltern unter der Matratze versteckt hielt. Sie liebte Gustav stattdessen auf eine ruhige, aber beständige Art.

Ihr gefiel sein zuverlässiges Wesen, seine Aufrichtigkeit und Zielstrebigkeit. Bei ihm fühlte sie sich sicher und ernst genommen. Und Gustav, dem bei Lottis Anblick das Leuchten in die Augen trat, trug seine Liebste auf Händen.

Während Lotti noch nicht einmal zwanzig Lenze zählte, ging Gustav zur Zeit ihrer Vermählung bereits auf die 30 zu. Die Metzgerei seines allmählich in die Jahre kommenden und kränkelnden Vaters wollte er nicht übernehmen, und so übergab dieser die Leitung des Betriebes an einen seiner besten Angestellten.

Gustav und Lotti wollten auf eigenen Füßen stehen. So fand sich alsbald der kleine Imbissladen, in dem sie von Gustav selbst hergestellte Würstchen verkauften und Tagesgerichte anboten.

Das junge Paar wohnte sehr beengt in der winzigen anderthalb Zimmer Wohnung hinter dem Lokal, aber das machte ihnen nichts aus, waren sie doch jetzt unabhängig und auf niemanden mehr angewiesen.

Der Imbiss lag in einem der wenigen intakten Häuser, inmitten einer zerbombten Straßenzeile nahe der Innenstadt. Der Aufbau war hier in vollem Gange, und das Paar erhoffte sich Kundschaft unter den zahlreichen Arbeitern, die rings herum auf den Baustellen tätig waren.

Doch auch bei denen hieß es, Wirtschaftswunder hin oder her, zu sparen und den knurrenden Magen mit belegten Broten von daheim zu füllen. So verirrte sich nur selten jemand im Blaumann in den kleinen Gastraum.

Bis, ja bis das große Autohaus mit Bürogebäuden in der Nachbarstraße eröffnet wurde. Männer in Schlips und Kragen kamen nun regelmäßig zum Mittagessen in *Lottis Imbiss*, wie Gustav den Laden getauft hatte, und lobten die gute Hausmannskost. Dennoch reichte es vorne und hinten nicht, zu viele Schulden hatten sich bereits in den Monaten zuvor angesammelt.

So stand Lotti nun also in diesem denkwürdigen Augenblick hinter dem Tresen und versuchte mit aller Kraft, die aufsteigende Verzweiflung in Schach zu halten, als Herr Otto, einer ihrer Stammgäste und leitender Angestellter des Autohauses, als erster Gast des heutigen Tages in den Imbiss trat.

Gustav war inzwischen in der kleinen Küche hinter dem Gastraum verschwunden, um Suppe und Würstchen für die Kundschaft aufzuwärmen.

Anders als sonst, schallte dem imposanten, adrett gekleideten Herrn im Nadelstreifenanzug, der immer zu einem kleinen Pläuschchen aufgelegt war, heute kein fröhliches »Guten Tag« von der Chefin des Ladens entgegen. Diese starrte stattdessen gedankenverloren auf irgend etwas, das vor ihrer Nase hinter dem Tresen lag.

»Guten Tag!«, sagte Herr Otto. Und als keine Antwort kam, noch einmal etwas lauter: »Guten Tag, ist alles in Ordnung?«

»Was?«, Lotti schreckte aus ihren Grübeleien auf.

»Oh, Verzeihung!«, stammelte sie, schaute hoch und direkt in Herrn Ottos besorgt dreinschauende Augen. Da kullerten sie auch schon, die mühsam zurückgehaltenen Tränen.

Mit einer hilflosen Geste wischte sich die junge Frau über das Gesicht und suchte in ihrer Schürze vergeblich nach einem Taschentuch.

»Oh je, wo brennt es denn?« Herr Otto ging um den Tresen herum und legte der schluchzenden Lotti seine schweren Hände auf die Schultern.

Im Grunde ging es ja niemanden etwas an, und irgendwie schämte sich Lotti ihrer Tränen, aber in diesem Moment überkamen sie sämtliche Emotionen, die sich in den letzten Monaten angesammelt hatten. So purzelten ihr die Worte förmlich aus dem Mund, und sie schüttete dem eigentlich fast fremden Mann ihr Herz aus.

»… und so werden wir nächsten Monat dicht machen müssen, und wovon wir dann leben sollen, ach, ich weiß es auch nicht!«, schloss Lotti mit einem tiefen Seufzer und schnäuzte sich geräuschvoll in das große Stofftaschentuch, das Herr Otto für sie aus seiner Anzugtasche gezogen hatte.

Er schien kurz zu überlegen, verließ dann ohne ein weiteres Wort oder die sonst übliche Bestellung den Laden und ließ die verdutzte Frau hinter dem Tresen zurück.

Nun vergraulte sie schon die Kundschaft mit ihren Sorgen, schalt sich Lotti, und hätte sich ob ihres unbedachten Gefühlsausbruchs am liebsten selbst geohrfeigt.

Nicht lange allerdings, und Otto erschien erneut in der Tür.

»So, das hätten wir!«, sagte er. »Selbstverständlich können Sie im nächsten Monat noch hierbleiben. Im übernächsten Monat und die kommenden Jahre auch, wenn Sie wollen«, ergänzte er und reichte der verblüfft dreinschauenden Lotti einen Scheck.

Ihre Augen weiteten sich beim Anblick des hohen Betrages auf dem bedruckten Papier. Das würde zum Begleichen der ausstehenden Miete reichen und sogar noch für zwei Monate im Voraus.

»Aber«, setzte Lotti an.

»Kein *Aber*«, unterbrach sie der korpulente Herr, »Sie gehen jetzt hinüber zu Ihrem Vermieter und überreichen ihm diesen Scheck mit einem schönen Gruß von der Geschäftsleitung des Autohauses. Und richten Sie ihm aus, wir würden Sie hier noch dringend brauchen, basta!«

»Aber, Sie können uns doch nicht einfach so viel Geld schenken!«

»Wer redet denn von einem Geschenk?!«, erwiderte Otto mit sonorer Stimme und zog die buschigen Augenbrauen in die Höhe.

»Sehen Sie es als eine Art Kredit. Sie liefern von nun an jeden Mittag der gesamten Belegschaft des Autohauses das Essen direkt in die Firma, wir zahlen dafür, und wenn Sie das Geld zusammen haben, geben Sie es uns zurück. Ich könnte mir sogar denken, dass auch das gegenüberliegende Kaufhaus interessiert wäre, wenn Sie dort mit unserer Hilfe vorstellig werden.«

Vor Rührung und Erleichterung traten Lotti die gerade versiegten Tränen erneut in die Augen. Schnell versuchte sie, im Kopf den möglichen Verdienst auszurechnen und das aufkommende Schwindelgefühl zu unterdrücken, das sie am Denken hindern wollte.

Überwältigt schlang sie die Arme um den Hals des älteren Herrn, der angesichts ihrer stürmischen Begeisterung ein rollendes Lachen anstimmte und seinen verrutschten Hut zurechtrücken musste.

Gustav, der gerade aus der Küche in den Gastraum trat, schaute verwundert auf seine

Frau, die scheinbar außer Rand und Band am Hals des großen Mannes im Einreiher hing.

»Was ist denn hier los?«

»Gustav, Gustavchen, schau mal her!«, rief Lotti, streckte ihm den Scheck entgegen und berichtete von Herrn Ottos Vorhaben. Ihr Ehemann, zunächst einmal unangenehm berührt von der öffentlichen Nennung seines Kosenamens, lauschte zunehmend ergriffen ihren Ausführungen.

»Meine Güte, Herr Otto, das nenne ich mal ein Angebot!«, rief er aus und schüttelte mit beiden Händen die Pranke ihres wohlwollend lächelnden Gönners.

Lotti ließ sich nicht länger bitten, legte in Windeseile ihre Schürze ab und rannte über den Gehsteig zur Wohnung des Vermieters. Vor dessen Eingang angekommen, richtetet sie sich kerzengerade auf, schellte und hielt dem unfreundlich dreinschauenden Mann den Scheck vor die Nase, noch bevor dieser die Haustür richtig geöffnet hatte.

»Und wir werden es doch schaffen!«, sagte Lotti keck, drückte dem vor Verblüffung ausnahmsweise einmal sprachlosen Hausbesitzer den Scheck in die Hand, drehte sich auf dem Absatz um und schritt ohne ein weiteres Wort und hoch erhobenen Hauptes davon.

Mit Herrn Ottos Hilfe und viel Fleiß schafften es Lotti und Gustav, mit ihrem Imbiss Fuß zu fassen. Bald hatten sie soviel Kundschaft zu beliefern, dass die kleine Küche hinter dem Gastraum nicht mehr ausreiche, allen Aufträgen nachzukommen.

Der Aufbau weiterer Warenhäuser und Geschäfte in ihrer Straße, die neue Laufkundschaft mit sich brachten, tat ein Übriges.

Gustav stellte Mitarbeiter ein und mietete einen zweiten Laden in einem anderen Stadtteil an, und auch in diesem gab es stets genug zu tun.

Nicht nur der Arbeitseifer der jungen Leute wurde reichlich belohnt, auch das Schicksal schien es gut mit ihnen zu meinen. So flatterte eines Tages ein Notarbrief in ihre kleine Wohnung. Eine entfernte Verwandte, die Lotti zu Lebzeiten niemals kennengelernt hatte, vermachte ihr, als jüngstem Spross der Familie, eine ordentliche Stange Geld.

Hiermit, und mit Hilfe ihrer Einnahmen, konnte sich das Ehepaar eine größere Wohnung und irgendwann sogar ein Haus mit Garten leisten, in dem ihre Kinder gesund und in friedlicher Umgebung aufwuchsen.

…

Viele Jahre später erwähnte Lotti einem Freund gegenüber, dass es ihr immer so vorgekommen sei, als hätte eine unsichtbare

Macht sie stets zur rechten Zeit in die richtige Richtung geschoben.

Und bei diesen Worten erhellte ein staunendes und zufriedenes Lächeln ihr Gesicht.

Das neue Zimmer, 20. Oktober 2014

Das wäre nun also sein neues Zuhause. Jakob sah sich in dem kleinen gemütlichen Zimmer um, das sich langsam mit seinen Habseligkeiten füllte.

Vor zwei Wochen war Frau Schulz, die Verwaltungschefin, zu ihm gekommen und hatte gefragt, ob er nicht ganz in die Residenz ziehen wolle.

Natürlich hatte Jakob zunächst einmal empört abgelehnt, schließlich gehörte er ja noch lange nicht zum alten Eisen. Die paar kleinen Zipperlein, die er hatte! Jahrzehntelange harte Arbeit hinterließ eben hier und da ihre Spuren.

»Aber Herr Michalski«, hatte die nette Dame gesagt, »das hat doch mit altem Eisen nichts zu tun. Meinen Sie denn nicht, dass Sie es hier etwas einfacher und gemütlicher hätten als ganz alleine zuhause in Ihrer Wohnung?«

»Dann soll ich also den Rest meines Lebens einem schnarchenden Bettnachbarn bei seinem Nachtkonzert zuhören? Nee nee, das vergessen Sie mal ganz schnell wieder, gute Frau!«

»Wer redet denn von einem Bettnachbarn?«, erwiderte Frau Schulz. »Im Wohnbereich 1 ist gerade ein Einzelzimmer frei, und bevor wir es anderweitig vergeben, wollte ich Sie erst einmal fragen, ob Sie dort einziehen möchten.«

Jakob überlegte hin und her und brauchte noch zwei Nächte, um über diese schwierige Entscheidung zu schlafen. Am dritten Tag setzte er sich hin und machte, pragmatisch, wie er nun mal war, eine Strichliste, in der er alle Vor- und Nachteile des Einzugs abwog.

Ein Zimmer für sich alleine ließ die ganze

Sache ja schon mal ganz anders aussehen.

Er hätte seine Ruhe, müsste sich dann nicht mehr selber sein Frühstück und Abendbrot machen, und das Einkaufen würde ihm auch abgenommen. Hier brauchte er keine zwei Stockwerke hoch, um in seine Wohnung zu kommen und keine drei Stockwerke runter, um sich in der Waschküche sowieso nur darüber zu ärgern, dass grad mal wieder keine Maschine frei war.

Auf der Minus-Seite stand: *Diät ohne Speckstippe und fettige Bratkartoffeln* und *Gruppenträllern mit dem Gesangsfritzen*. Wobei ihm Frau Jansen schon nahegelegt hatte, er müsse ja nicht unbedingt an den Singstunden teilnehmen, wenn er denn so gar nicht wolle, nachdem er die letzte musikalische Zusammenkunft durch geräuschvolle Zwischenseufzer und extra lautes Singen - nur geringfügig neben der angestimmten Tonart - intellektuell bereichert hatte.

Man musste eben gut für sich sorgen, das hörte man ja heutzutage überall und galt sicherlich auch für die Beseitigung ungeliebter Tätigkeiten, sagte Jakob sich im Stillen.

Und an das fettarme Essen hatte er sich mit der Zeit fast schon gewöhnt, zumal es hier doch wirklich auch abwechslungsreicher und leckerer war als sein selbstgebrutzeltes Mahl zuhause, das ohne Maries Kochkünste meistens aus Eiern mit Speck oder Bratwurst bestanden hatte.

Schließlich überwog selbst für den kritischen Jakob die Plus-Seite. Somit dauerte es nicht lange, und die Stadtwohnung wurde mit Hilfe einiger freundlicher Nachbarn aufgelöst und seine liebsten Möbel in die Residenz geschafft.

Kleinigkeiten und Nippes lagen noch in den Kartons, aber der Fernseher stand bereits in Sichtweite des Bettes. Das war erst mal die Hauptsache. Endlich wieder das eigene Programm bestimmen und schalten können, wie es einem beliebte – wunderbar!

Gleich war Abendessenszeit. Das erste Abendbrot im großen Saal mit all den fremden Menschen, nachdem er bislang das Essen immer auf das Zimmer im Pflegebereich bekommen hatte. So richtig behaglich war ihm bei diesem Gedanken nicht zumute.

Als Jakob gerade in sein eigenes kleines Bad gehen wollte, um sich schnell noch mal durch die Haare zu kämmen, klopfte es an der Zimmertür.

»Herein!«

»Hallo, Herr Michalski, ich bin Regine Lange und Pflegerin im Wohnbereich 1«, sagte die eintretende junge Frau mit einem freundlichen Lächeln und streckte Jakob ihre Hand entgegen.

»Ich wollte Sie heute zum Abendessen geleiten, wo Sie doch zum ersten Mal im großen Saal speisen werden.«

Jakob musterte die schlanke Pflegerin mit den kurzen brünetten Haaren.

»Ach, Frau Lange, wir kennen uns doch schon von der Pflegestation, nicht wahr?«

»Nein, Herr Michalski, ich arbeite eigentlich meistens in diesem Wohnbereich, aber vielleicht sind wir uns ja schon mal über den Weg gelaufen, als Sie bei einem der Gruppenangebote hier waren.«

Skeptisch runzelte Jakob die Stirn. Sein Personengedächtnis schien nachzulassen. Nein, gestand er sich ein, es war noch niemals das beste gewesen, und bei so vielen neuen Bekanntschaften musste man ja durcheinanderkommen.

Frau Lange respektierlich zunickend, hakte er sich bei ihr unter. Wann bekam man schließlich in seinem Alter noch mal die Gelegenheit, in Begleitung eines hübschen jungen Fräuleins dinieren zu gehen. Gute Gelegenheiten musste man schließlich nutzen.

Liebste Marie, 21. Oktober 2014

so, nun ist es soweit, Dein Alterchen ist endgültig in die Residenz gezogen. Und so schlimm fühlt sich das inzwischen gar nicht mehr an.

Ja ja, ich höre Dein: »Ich habe es Dir doch gesagt!« Du hast ja auch recht, es ist schon bequemer so.

Dein leckeres Essen wird immer das beste gewesen sein, das ich jemals gegessen habe, aber so schlecht, wie ich anfangs dachte, kochen die hier doch nicht. Meistens schmeckt es sogar richtig gut, jetzt, wo meine Diät nicht mehr ganz so streng ist wie zu Anfang.

Ich habe ein schönes, ruhiges Eckzimmer im Wohnbereich 1 und deshalb nur eine Nachbarin. Aber die ist immer soviel unterwegs, dass man von ihr überhaupt nichts mitbekommt.

Es gab die letzten Wochen ganz schön viel zu tun, so dass ich Dir gar nicht schreiben konnte. Die Umräumerei und Entscheidung, was nun mit soll, was verschenkt oder verkauft wird. Aber nun ist fast alles fertig. Nur die Dekoration muss noch in die Schränke. Schade, dass Du nicht hier bist, ausschmücken konntest Du einfach besser als ich.

Ich will jetzt mal wieder los, denn so allmählich wird es zu frisch, um lange auf meiner Bank zu sitzen. Außerdem braucht Frau Jansen mich noch ganz dringend zum Abschleifen der Herbstblätter aus Holz.

Du weißt doch, in ein paar Tagen haben wir das Herbstfest, und für den Schmuck muss noch einiges vorbereitet werden. Ja, und Werkarbeiten gehören eben in echte Männerhände.

Was sagst Du? Frauen können das auch? Sie hat aber nun mal mich gefragt, so!

Liebste Grüße und bis zum nächsten Mal,
Dein Muckel

»Oh je! Oh je, oh je, oh je!« Lotti wusste überhaupt nicht, ob sie zuerst vor Scham im Erdboden versinken oder verzweifeln sollte. Das fallende Laub um sie herum schien plötzlich im Zeitlupentempo zu schweben und das melancholische Herbstgezwitscher der Amseln, das eben noch den Park hinter ihr erfüllt hatte, Kilometer weit weg zu sein.

Das war ja mal wieder typisch! Da las sie einmal im Leben anderer Leute Briefe, und schon zogen die ausgerechnet in das Zimmer direkt neben ihr. Genauer gesagt, Herr Michalski, der alte Grummelpott!

Denn es konnte ja gar niemand anders sein, der diese Briefe geschrieben hatte. Es stand dort schwarz auf weiß: Eckzimmer, Wohnbereich 1. Seit gestern hing sogar das Namensschild *J. Michalski* an der Nebentür, was bei Lotti auf wenig Begeisterung gestoßen war.

Der alte Herr war ihr bereits neulich in der

Singstunde aufgefallen, wo er sich schrecklich danebenbenommen hatte. Obwohl sie, das musste sie ja zugeben, ab und an ebenfalls das kindliche Verlangen verspürte, den operettenhaften Gesangston des Anleiters nachzuäffen. Aber so etwas tat man einfach nicht! Da schwänzte sie dann lieber die eine oder andere Stunde, wenn es zu viel des Guten wurde.

Auch an der Turnstunde hatte Michalski bereits teilgenommen, ohne zu wissen, dass ihm dort eine Frau gegenübersaß, die mehr über ihn wusste, als ihm vermutlich lieb war. Die es genau genommen ja selber nicht ahnte.

Dass nun gerade dieser kauzige Mann in der Lage war, derart reuevolle und nachdenkliche Zeilen an seine verstorbene Ehefrau zu richten, darauf wäre Lotti im Traum nicht gekommen. Sollte hinter dieser gnaddeligen Fassade tatsächlich so etwas wie ein sensibler Mensch stecken – von seinen ersten Briefen mal abgesehen?

Was machte sie jetzt nur? Schließlich würden sie und Herr Michalski sich nun öfter über den Weg laufen, da konnte sie doch nicht einfach weiterhin seine geheimsten Geheimnisse studieren und so tun, als wäre nichts gewesen. Was hatte sie sich da nur wieder selbst eingebrockt.

Völlig aus dem Häuschen setzte Lotti ihre Brille ab und sofort wieder auf, um sich noch einmal zu vergewissern, dass es sich auch ganz bestimmt um keinen Irrtum handelte.

Nein, der Inhalt des Briefes änderte sich bedauerlicherweise auch beim zweiten Durchlesen nicht, also bestand dringender Handlungsbedarf!

Resolut packte die alte Dame ihre Siebensachen und schritt energisch, immer noch mit sich hadernd, in Richtung Hintereingang.

Die Entdeckung, 22. Oktober 2014

Jakob schlurfte durch das bunte Herbstlaub, das trocken unter seinen Füßen raschelte. Ab und zu holte er mit dem Bein aus und wirbelte, seine morschen Knochen vergessend, einen Haufen Blätter hoch.

Die Luft roch würzig nach Moos und Pilzen und weckte Erinnerung an seine Kindheit, in der er mit den Eltern, bewaffnet mit Körben und Messern, auf die Suche nach Maronen und Pfifferlingen gegangen war.

Die Ausbeute wollte dann gründlich gewaschen, gebraten und zusammen mit einem Stückchen Butterbrot verzehrt werden. Alleine bei dem Gedanken lief Jakob das Wasser im Mund zusammen.

Der Himmel präsentierte sich heute wolkenverhangen, aber es war mild für die Jahreszeit, also beschloss er, noch einen kleinen

Abstecher zu seiner Bank zu machen, bevor der Tag sich dem Abend neigte.

Es wurde jetzt schon früher dunkel. Bald würde es zu kalt werden, um abends durch den Park zu laufen.

Der zweite Tag in seinem eigenen Zimmer war ruhig und gemütlich gewesen. Zwischendurch hatte er ein paar Bilder aus einem noch vollen Karton genommen und an die Wand gehalten, sie dann aber, unschlüssig, wo sie ihren Stammplatz bekommen sollten, unverrichteter Dinge wieder weggepackt.

Marie würde er heute Ruhe gönnen, schließlich hatte er ihr gestern erst geschrieben. Es waren nun schon einige Briefe zusammen gekommen. Wäre er mal in der Schule so ein fleißiger Schreiberling gewesen, seine Lehrer hätten sich gefreut.

An der Parkbank angelangt, fiel sein Blick in alter Gewohnheit zuerst auf das Astloch.

Was war denn das? Als er gestern den letzten Papierbogen auf den anderen Briefen platziert hatte, konnte man den oberen Rand des Stapels sehen, wenn man direkt vor dem Baum stand.

Das wusste er genau, weil er sich Gedanken gemacht hatte, dass nun bald ein neues Versteck her müsse, wenn er nicht wollte, dass der Regen das Papier durchweichen würde.

Jetzt war da aber nur noch die hölzerne Rückwand des Astlochs zu sehen. Auch Augenreiben ließ keinen Zweifel an der Abwesenheit der Briefe.

Er trat näher und steckte seine Hand suchend in die Tiefen der Baumöffnung. Kein Stapel, nur ein einzelnes Blatt ertastete er. Jakob zog den penibel zusammengefalteten Bogen hervor.

Ein Schreiben, aber eindeutig nicht von

ihm, wie er den ordentlich auf das Papier gezeichneten Lettern entnehmen konnte.

Also, das war ja wohl die Höhe! Wo waren seine Briefe? Und zu wem gehörte die fremde Handschrift?

Perplex ließ sich der alte Herr auf die Bank sinken und begann zu lesen.

Lieber Herr Michalski,   *22. Oktober 2014*

Ich weiß gar nicht so recht, wie ich beginnen soll. Mir ist das alles sehr unangenehm.

Eines schönen Tages spazierte ich - wie fast jeden Morgen - zu meiner Lieblingsbank. Da sah ich etwas Weißes im Baumloch schimmern, das sich bei näherer Betrachtung als Ihr erster Brief entpuppte.

Ich habe ihn gelesen, denn es hätte ja ein Notruf oder so etwas sein können … und weil ich eben auch ein bisschen neugierig war.

Ja, und bei einem meiner nächsten Spaziergänge lag da eben ein zweites Schreiben. Tage später dann noch eins und noch eins.

Ich weiß, das ist unentschuldbar, aber Ihre Briefe haben mich irgendwie berührt. Wie bei einem guten Roman war ich gespannt auf die Fortsetzung.

Die kam ja dann auch regelmäßig.

Wissen Sie, so viele Ihrer Gedanken sind mir vertraut, und ich kann Ihre Sorgen nachvollziehen. In unserem Alter hat man eben eine Vergangenheit.

Wenn der geliebte Mensch stirbt, mit dem man gemeinsam mehr als ein halbes Leben verbracht hat, tut das weh und es gibt einem das Gefühl, sehr allein zu sein. So ging es mir auch, als ich mich vor einigen Jahren von meinem Gustav verabschieden musste.

Zwischen zwei Menschen, die sich so lange kennen, bedarf die Verständigung meist nur weniger Worte, nicht wahr? Und dann scheinen da auf einmal nur noch Leute um einen herum zu sein, bei denen man reden, reden und noch mal reden muss, damit sie einen verstehen.

Zum Teil ist das vielleicht tatsächlich so, aber nicht alles ist so hoffnungslos und einsam, wie es zunächst wirken mag. Es braucht mitunter ein wenig Zeit, um das zu begreifen.

Nun, ich freue mich jedenfalls, dass es Ihnen wieder besser zu gehen scheint als zu Beginn Ihres Aufenthaltes an diesem Ort, der sich als ein sehr schöner entpuppt, wenn man es erst einmal geschafft hat, die üblichen Vorbehalte hinter sich zu lassen.

Ihre Briefe habe ich, nachdem ich ja nun weiß, wer Sie sind, lieber mitgenommen, denn womöglich wird nicht jeder, der sie findet, verantwortungsvoll mit ihnen umgehen – Sie wissen, was ich meine.

Ich habe übrigens das Zimmer neben Ihnen. Wenn Sie mögen, dann klopfen Sie doch einfach mal an und holen sich Ihre Briefe und gerne auch ein Tässchen Tee ab.

Nochmals Entschuldigung für meine Neugierde. Alles Gute,

Ihre Lotti Lorenz

So funktionierte das also neuerdings? Man krallte sich anderer Leute Briefe, las sie und tat dann auch noch, als wäre das gar keine große Sache! Jakob war so empört, dass er den freundlichen Ton des Schreibens und die Entschuldigungen glatt übersah. Wütend knüllte er Lottis Brief zusammen, stopfte ihn in seine Jackentasche und stapfte durch den dunkler werdenden Park Richtung Residenz.

Was war das überhaupt für ein Name?! Lotti. Lotti Lorenz! Und so eine hatte er jetzt als Nachbarin? Na, schönen Dank auch!

Eines wusste er jedenfalls: Seine Briefe konnte sie behalten. Gelesen hatte sie die ja sowieso schon. Sollte sie allerdings vorhaben, damit hausieren zu gehen, dann würde sie ihn, Jakob Michalski, ehemaliger Verwaltungsfachangestellter der Staatsanwaltschaft, aber kennenlernen, und das nicht nur schriftlich!

Das Herbstfest, 24. Oktober 2014

Lotti stand vor dem Wandspiegel und zupfte sich das Haarnetz zurecht. Zur Feier des Tages hatte sie die hübsche weiße Rüschenbluse und ein mintgrünes Kostüm mit knielangem Rock aus dem Schrank geholt. Um den Hals trug sie ihre Goldkette mit dem blauen Topasanhänger, die Gustav ihr vor langer Zeit zur Silberhochzeit geschenkt hatte.

Anlässlich des heutigen Herbstfestes würde sie Besuch von ihrem Cousin väterlicherseits und dessen Frau bekommen, und wenn die kleine verschnörkelte Uhr auf ihrer Kommode richtig ging, blieb ihr bis dahin noch eine gute Stunde Zeit.

Freude auf den Besuch wollte sich allerdings nicht so recht einstellen, denn Lotti fühlte sich innerlich aufgewühlt. Sie brauchte Frieden, und den hatte sie nicht, solange die unangenehme Sache zwischen ihr und Herrn Michalski nicht geklärt war.

Dieser hatte ihren Entschuldigungsbrief offensichtlich gelesen und durchbohrte sie seitdem bei den Mahlzeiten im großen Speisesaal förmlich über zwei Tische hinweg mit grimmigen Blicken. Nickte sie ihm freundlich zu, drehte er den Kopf zur Seite und tat so, als hätte er es nicht gesehen.

Als sie dann gestern Abend ihren Fernseher angemacht hatte, in moderater Lautstärke wohlgemerkt, bummerte ihr neuer Nachbar so lange gegen die Wand, bis sie den Rest der Sendung über Kopfhörer verfolgte.

Wenn Lotti etwas nicht gut aushalten konnte, dann waren das Unstimmigkeiten. Also beschloss sie bereits heute Morgen, ein Besänftigungsmanöver gegen den Griesgram zu starten und ihn zum nachmittäglichen Kaffeetrinken beim Herbstfest abzuholen.

Allein der Gedanke an eine mögliche Abfuhr machte ihr allerdings zu schaffen.

Aber Lotti, schon immer eine Frau der Tat, würde gewiss nicht kneifen, und so trat sie, nicht ohne zuvor ein Spritzerchen Kölnisch Wasser hinter jedem Ohr zu platzieren, fest entschlossenen Schrittes ihren friedlichen Feldzug an.

…

Das Klopfen an der Zimmertür riss Jakob aus einem seichten Dämmerschlaf. In voller Montur und bereits für das Herbstfest schmuck gemacht, hatte er sich eigentlich nur für ein kurzes Nickerchen hinlegen wollen. Es klopfte ein zweites Mal.

Herrschaftszeiten, wer war denn das?! Mühsam rappelte sich der alte Mann hoch und ging schleppenden Schrittes auf Strümpfen zur Zimmertür, um bereits während des Öffnens zu einer Schimpftirade anzusetzen.

»Kann man denn hier nicht mal …«, seine herunterklappende Kinnlade hinderte Jakob am Weiterreden. Da stand doch ausgerechnet die alte Lorenz vor seiner Tür!

»Guten Tag, Herr Michalski! Oh weh, habe ich Sie geweckt?«, fragte Lotti zerknirscht. »Das fehlte auch noch«, fuhr sie gedanklich fort, als sie Jakobs zerzaustes Haar und seine eingefallenen Lippen erblickte.

»Nein, haben Fie nicht!«, log Jakob und zog missmutig die dichten Augenbrauen zusammen. Soweit käme es noch, dass er dieser Person eingestehen würde, er wäre extra ihretwegen aufgestanden.

»Wissen Sie«, fuhr Lotti fort, »ich dachte mir, Sie kennen ja hier noch nicht so viele Leute, und es wäre Ihnen vielleicht ganz angenehm, beim Herbstfest etwas Gesellschaft zu haben. Außerdem habe ich noch etwas, das Ihnen gehört.«

Jakob schaute auf Lottis Hand, die ihm einen, er verbesserte – *seinen* – Stapel Briefe entgegenstreckte.

»Ja, das ift wohl wahr!«, nuschelte er undeutlich und nahm ihr hastig die gesammelten Werke ab, bevor sie womöglich doch noch ihr Unwesen damit treiben konnte.

»Na gut, dann kommen Fie halt rein, wo Fie fon mal da find«, brummelte er, drehte sich um und überließ es der alten Dame, hinter ihm ins Zimmer zu treten und die Tür zu schließen.

Jakob bückte sich im Vorbeigehen nach seinen blank polierten Ausgehschuhen und ließ sich auf den Bettrand plumpsen. Die Schnürsenkel bindend, warf er einen kurzen Blick auf Lotti, die immer noch unschlüssig mitten im Raum stand und ihn unverwandt und leicht belustigt anschaute.

»Fetzen Fie fich! Da drüben fteht ein Ftuhl. Ich weif auferdem überhaupt nicht, waf an der Fituation fo komif fein foll!«, ranzte Jakob sie an. Der Angesprochenen fiel es sichtlich schwer, sich das Lachen zu verkneifen.

»Tut mir leid, Herr Michalski, aber ich glaube, Ihnen fehlt da was.«

»Kokoloref, mir fehlt nikf, oder feh ich etwa krank auf?«, erwiderte Jakob und sah Lotti verständnislos an.

Diese deutete mit dem Kopf auf Jakobs Gebiss, das herrenlos in einem Wasserglas auf dem Nachtschrank schwamm.

»Ach daf! Daf hätte ich beinahe vergeffen!« Umständlich angelte Jakob in dem Glas nach seinen Dritten und platzierte sie im Mund. Das war ja mal wieder typisch, schalt er sich im Stillen selbst, da wollte er schon mal jemandem ordentlich die Leviten lesen und machte sich stattdessen zum Clown. In so einer Situation half wohl nur eine gute Miene zum bösen Spiel.

»Besser so?«, fragte er mit einem verschmitzten Ausdruck in den Augen und bleckte demonstrativ die Zähne.

Lotti nickte und warf ihm ein verständnisvolles Lächeln zu.

»Es werden mit der Zeit eben immer mehr Ersatzteile, die wir vor dem Schlafengehen beiseite legen und nach dem Aufwachen wieder einbauen müssen, da kann man schon mal etwas übersehen«, scherzte sie und rang Jakob damit ein beinahe vergnügtes Lächeln ab.

So übel war die Lorenz ja vielleicht doch nicht, dachte sich dieser. Ein wenig Gesellschaft beim Herbstfest wäre außerdem ganz nett.

»Also, was die Briefe anbetrifft …«

»Ach, papperlapapp«, unterbrach Jakob

Lottis erneuten Versuch, sich zu entschuldigen, »Schwamm drüber! Lassen Sie uns lieber losgehen, bevor die besten Tortenstücke weg sind. Heute darf ich nämlich ausnahmsweise mal, hat der Arzt gesagt.«

Der alte Herr rieb sich seinen in den letzten Monaten schlanker gewordenen Bauch und beschloss, das Kriegsbeil erst einmal zu begraben. Diese Frau wurde er offensichtlich sowieso nicht so schnell wieder los. Lotti, froh über den positiven Stimmungswechsel, schloss sich ihm gerne an.

Als die beiden bereits im großen Saal bei Kaffee und Kuchen saßen, näherte sich ihnen Regine Lange, die Jakob vor ein paar Tagen aus seinem neuen Zimmer zum Abendbrot abgeholt hatte.

Anders als beim ersten Zusammentreffen trug sie heute keinen weißen Kittel, sondern eine hellblaue Bluse und Jeans. Vertraut legte sie die Arme um Lotti und drückte dieser einen Kuss auf die Wange.

»Na, Mama, lasst ihr es euch gut gehen?«, fragte sie. »Wie ich sehe, hast du deinen neuen Nachbarn ja bereits kennengelernt.«

Jakob staunte: »So eine nette Tochter haben Sie, Frau Lorenz? Wir hatten bereits das Vergnügen«, fügte er schmunzelnd hinzu.

»Ja, die habe ich wohl!«, antwortete Lotti stolz.

»Mama, Onkel Karl und Tante Erika sind gerade angekommen. Sie wollten nur noch mal schnell zurück zum Auto, weil Tantchen ein Geschenk dort vergessen hatte. Siehst du, da kommen sie schon!«, bemerkte Regine und wies auf ein Paar gehobenen Alters, das gerade durch die Tür des Speisesaals trat und direkt auf das Trio zusteuerte.

»Erika, Karl, das ist aber schön, dass ihr zum Herbstfest kommt!«, rief Lotti aus und stand auf, um die beiden zu umarmen.

»Also hör mal«, entgegnete der Herr im karierten Pullunder, »natürlich kommen wir dich heute besuchen! Wenn wir schon einmal Mutter und Tochter auf einen Streich haben können! Seitdem das Reginchen verheiratet ist und einen eigenen Sprössling hat, hört und sieht man von ihr ja nichts mehr.« Mit gespielt vorwurfsvollem Blick kniff er seiner erwachsenen Schwippnichte in die Wange.

Lotti wies auf Jakob, der sich ebenfalls erhoben hatte und den Neuankömmlingen die Hand entgegenstreckte.

»Darf ich vorstellen, Herr Michalski, ebenfalls Bewohner der Residenz und seit Kurzem mein Zimmernachbar. Und das sind Herr und Frau Berger, mein Cousin und Gattin.«

»Sehr erfreut, Herr Michalski!«, entgegnete Karl Berger. Erika schüttelte Jakobs Hand, griff dann in ihre Tasche und überreichte Lotti ein hübsch verpacktes Geschenk mit roter Schleife.

»Ach, das wäre aber nicht nötig gewesen!«, entgegnete diese sichtlich erfreut.

»Ja, das sagt man dann so, liebe Karlotta!«, lachte Erika.

Jakob horchte auf. *Karlotta*? Unvermittelt setzte etwas in seinem Kopf zu einer lauten Kakophonie an, deren schriller Ton Gesichter und Namen wild durcheinandertanzen ließ.

Berger, Karlotta? Sein Blick glitt hastig zuerst zu Herrn Berger und dann zwischen Lotti und ihrer Tochter hin und her. Diese Ähnlichkeit! Jetzt wusste er, warum er geglaubt hatte, die braunhaarige junge Regine schon vor ihrer ersten Begegnung in der Residenz getroffen zu haben: Jene sommersprossige Himmelfahrtsnase und die feinen Grübchen neben den Mundwinkeln kannte er bereits, nur eben nicht von Regine Lange, sondern …

Die Gesellschaft rund um Jakob, das Klappern von Kaffeetassen und Kuchengabeln, das Stimmengewirr und die hübsche Herbstdekoration, all das rückte plötzlich von ihm ab und machte einer anderen Kulisse Platz.

Der letzte Tanz, 30. April 1957

Endlich stimmte die Tanzkapelle zwischen all dem Rock'n Roll auch mal eine Ballade an. Jakob, durch reichlich Pfirsichbowle mutig geworden, nutzte die Gelegenheit, Karla seine Arme um die schlanken Hüften zu legen und sie ein Stückchen weiter zu sich heran zu ziehen.

Die junge Frau hatte ihm, trotz seines nicht gerade heroischen Auftritts zu Beginn des Abends, tatsächlich die Ehre des einen oder anderen Tanzes gewährt.

Jeder, der es wagte, sich seine hübsche Angebetete zwischendurch einmal auf ein Tänzchen zu schnappen, wurde von Jakob einer argwöhnischen Musterung unterzogen, was Karla amüsiert zur Kenntnis nahm.

Als diese von ihrem neuen Verehrer während einer Tanzpause zum Sitzplatz geleitet wurde, verlosch das Deckenlicht, und sie fanden sich plötzlich im Halbdunkel wieder. Nur die Kerzenleuchter auf den Tischen verbreiteten ein flackernd schummeriges Licht. Wie so oft in dieser Zeit war der Strom ausgefallen.

»Wenn das mal nicht gemütlich ist!«, meinte Jakob und setzte sich mit an Karlas Tisch, wo bereits einige andere Jünglinge angeregt mit den übrigen Mädchen schwatzten.

So saßen sie noch eine ganze Weile in lustiger Runde zusammen und vernichteten, was an Bowle noch übrig war.

Zu vorgerückter Stunde schaute Karla mit gerunzelter Stirn auf ihre Armbanduhr. Ihre Eltern hatten den Besuch des Festes nur unter der Voraussetzung gestattet, dass sie pünktlich nach Hause käme. Da nützte es auch nichts, dass sie den Rest der Woche Urlaub hatte und nicht so zeitig aus dem Bett musste.

»Oh je, es ist bereits spät, und ich muss

jetzt wirklich gehen!«, wandte sie sich bedauernd an Jakob.

»Vielleicht sollte ich Sie lieber bis nach Hause begleiten. Es ist schon fast dunkel, und die Straßenbeleuchtung wird auch ausgefallen sein. Da sollte eine junge Dame nicht alleine draußen herumlaufen«, schlug dieser vor.

Karla warf einen kurzen Blick auf ihre Freundinnen, die offenbar noch nicht vorhatten, sich auf den Heimweg zu machen.

Ihre Busenfreundin Mathilde wohnte nur ein paar Häuser von ihr entfernt. Deren Bruder war auch hier, dachte aber scheinbar nicht im Traum daran, der ihm zugedachten Aufgabe als Anstandswauwau für seine jüngere Schwester und ihre Freundin gerecht zu werden. Stattdessen flirtete er lieber intensiv und bowlegeschwängert mit einer vollbusigen Dame an der Bar.

Alleine an der Seite eines jungen Mannes

zu gehen, erschien Karla in diesem Moment auch viel aufregender als in Gesellschaft ihrer Freundin nebst halbtrunkenem Bruder.

Sie neigte sich zu Mathilde hinüber und flüsterte ihr etwas ins Ohr. Diese schaute von Karla zu Jakob, grinste und nickte zustimmend.

»Alles in Ordnung«, sagte Karla leise zu Jakob und zwinkerte ihm verschwörerisch zu. Die beiden verließen unauffällig den Saal, der mangels Strom für die Kapelle nur noch vom Stimmengewirr der verbliebenen Gäste erfüllt war.

Karlas Eltern achteten sehr auf Sitte und Anstand, und eigentlich geziemte sich ihr Vorhaben nicht, aber da man draußen kaum die Hand vor Augen erkennen konnte, würden sie es schwerlich merken, ob eine Freundin oder ein junger Mann sie nach Hause brachte.

Schließlich wohnten ihre Altvorderen in der zweiten Etage über der Wohnung der Großeltern. Im Erdgeschoss hauste ein Junggeselle, den es nicht zu kümmern hatte, was Karla tat oder ließ.

Die beiden jungen Menschen gingen schweigend nebeneinander durch die Dämmerung, die nur hin und wieder von den Scheinwerfern eines Autos durchbrochen wurde. Irgendwo in einem der Hinterhöfe spann eine Amsel ihr einsames Abendlied durch die frühlingshaft duftende Luft. Kerzenlicht hinter den Fenstern der mehrstöckigen Häuser hauchte der Stadt eine beinahe feierliche Stimmung ein.

Als Karla über etwas auf dem unbeleuchteten Gehsteig stolperte, ergriff Jakob ihre Hand und ließ sie den Rest des Weges nicht mehr los.

Es war das erste Mal, dass Karla alleine mit

einem jungen Mann, noch dazu einem Verehrer, unterwegs war.

Verguckt hatte sie sich zwar schon häufiger, ausgehen durfte sie aber erst seit Kurzem und nur zusammen mit Freundinnen, die wiederum in Begleitung älterer Brüder waren. Da blieb kaum Raum für heimliche Liebeleien.

Wehmut beschlich Karla, als sie fast an ihrem Zuhause angekommen waren. Gerne hätte sie noch eine Weile das ungewohnte Gefühl aus leiser Aufregung und Wärme genossen, das die neue Zweisamkeit in ihr erweckte.

Drei schlummernde Straßenlaternen weiter und sie standen bereits vor der Haustür. Ein flackerndes Licht im Arbeitszimmer ihres Vaters verriet, dass dieser vermutlich noch über seinen Büchern saß. Die Wohnung der Großeltern lag in vollkommener Dunkelheit. Der Stromausfall hatte sie wohl schon zeitig schlafen gehen lassen.

Da standen die beiden jungen Menschen einander gegenüber und wussten nicht so recht, was sie zum Abschied sagen sollten.

»Werde ich dich übermorgen in der Bäckerei sehen?«, wagte Jakob schließlich zu fragen.

»Nein, diese und die nächste Woche durfte ich Urlaub nehmen«, log Karla. Ihr war ganz schwer ums Herz, denn genau genommen hatte sie nur in dieser Woche frei. In der nächsten würde sie schon nicht mehr hier sein. Aber sie wollte nicht den schönen Augenblick zerstören. Wenn sie Jakob tatsächlich wichtig war, dann würde er sie ja vielleicht in den kommenden Tagen noch einmal von ganz alleine aufsuchen.

»Oh«, meine Jakob enttäuscht, »wie schade! Aber dann doch bestimmt in der übernächsten Woche wieder?«

»Freilich«, sagte Karla und schlug vor Verlegenheit die Augen nieder. Lügen war ihr noch niemals leicht gefallen. Jakob wertete Karlas Geste als Schüchternheit und nahm ihr Gesicht in beide Hände.

Gerade wagte er, sich ihr zu einem ersten vorsichtigen Kuss zu nähern, da hörten sie laute Geräusche auf der Innentreppe.

Die Haustür wurde aufgerissen, und da standen sie, die Bewohner des Hauses Alleegasse Nummer 12, oder zumindest ein Teil von ihnen.

Karlas Großmutter hatte, schon im Halbschlaf, die leisen Stimmen vor dem Eingang gehört und sofort an Einbrecher gedacht.

»Erwin, so wach doch auf, da unten ist jemand und will ins Haus einsteigen!«

Der arme Großvater hatte sich mühsam im Bett aufgerichtet, nach der Taschenlampe auf dem Nachtschrank gegriffen und vergebens deren Schalter betätigt.

»Verflixt noch eins, immer sind die Batterien leer, wenn man sie mal braucht!«, hatte er geknurrt und erbost das Objekt seines Zornes geschüttelt, das sich standhaft weigerte, auch nur einen winzigen Lichtstrahl zu spenden. Karlas Oma schlug indes im Obergeschoss Alarm und holte die Fackel samt Streichhölzern aus der Abstellkammer.

In gestreiftem Pyjama und mit zerzausten Haaren, die Großmutter ängstlich an seinen Arm geklammert, erreichte der Großvater als Erster die Haustür. Die brennende Fackel hielt er in der rechten Faust wie ein Schwert zum Kampf erhoben.

Hinter den Großeltern kamen Karlas Eltern die Treppe hinunter. Das Licht ihrer Taschenlampen huschte durch die Dunkelheit und blieb schließlich auf den beiden armen Sündern haften, die selbstredend wie der Blitz auseinanderfuhren.

»Wie ein Schwarm wütender Glühwürmchen im Treppenhaus«, schoss es dem erschrockenen Jakob durch den Kopf.

»Ich, ähm, Mathilde und ihr Bruder wollten noch nicht nach Hause, ich aber schon, und da war der junge Herr so freundlich, mich zu geleiten«, stammelte Karla, der vor Schreck die Knie schlotterten.

»Na, danach sah das eben aber nicht aus!«, polterte Karlas Großvater mit grimmigem Gesichtsausdruck in Richtung des jungen Mannes.

»Ja, also, ich geh dann mal«, sagte Jakob schnell, deutete eine ungelenke Verbeugung an, drehte sich auf dem Absatz um und gab Hackengas.

Die arme Karla wurde wortlos auf ihr Zimmer geschickt. Den verständnisvoll lächelnden Blick, den sich ihre Eltern zuwarfen, bekam sie nicht zu sehen, denn schließlich mussten Eltern und Großeltern ja zusammenhalten, offiziell jedenfalls.

Einige Tage später schlich Jakob noch einmal heimlich um Karlas Haus, in der vergeblichen Hoffnung, zufällig einen Blick auf seine Angebetete erhaschen zu können. Die Türglocke zu betätigen, traute er sich nicht. Zu sehr fürchtete er, das junge Mädchen würde seinetwegen Ärger bekommen.

Immerhin konnte er Karlas Nachnamen auf dem kleinen Türschildchen ausfindig machen: *Berger*. Karla Berger also.

Erst in der folgenden Woche fasste sich Jakob endlich ein Herz und machte sich erneut auf den Weg zu Karlas Elternhaus. Dieses Mal mit dem festen Vorsatz, zu klingeln und bei den Altvorderen vorstellig zu werden.

Schon aus einiger Entfernung sah er zu seinem Entsetzen, dass in den Fenstern der oberen zwei Etagen keine Gardinen mehr hingen. Eine sich breitmachende Stille nach dem

Schellen und das fehlende Türschild bestätigten seinen traurigen Verdacht: Karla, ihre Eltern und Großeltern waren ausgezogen. Wohin, das wusste er nicht. Auch in der Bäckerei konnte oder wollte ihm niemand Auskunft geben.

Jakob würde Karla nicht wiedersehen.

Unbekannte Bekannte, 24. Oktober 2014

»Karla vielleicht nicht, aber Lotti«, grübelte der völlig verunsicherte Jakob. Also, genau genommen doch Karla. Aber konnte das sein? Waren Karla und Lotti wirklich ein und dieselbe Person, nämlich *Karlotta*?

Heute trug Lotti den Nachnamen Lorenz, Karla hingegen hatte Berger geheißen. Sollte Lottis Cousin aber der Sohn von Lottis Onkel väterlicherseits sein, und hätte Lotti geheiratet und den Nachnamen ihres Mannes angenommen, ergäbe das Ganze einen Sinn.

Oder waren die Namen sowie diese verblüffende Ähnlichkeit zwischen Lottis Tochter und der jungen Karla nur reiner Zufall und sein greises Hirn spielte ihm einen Streich?

Irgendwie wurde das alles zu viel für Jakob, und auch Lotti fiel auf, wie still und blass ihr Begleiter auf einmal war.

»Herr Michalski, ist alles in Ordnung?«, fragte sie fürsorglich.

»Nichts für ungut, aber ich glaube, ich habe mich doch ein bisschen am Kuchen übernommen«, antwortete dieser mit einem gequälten Lächeln, »und werde mich mal lieber in mein Zimmer zurückziehen. Viel Spaß noch. Ich empfehle mich!«

Jakob nickte den beiden Besuchern und seiner Mitbewohnerin zu und ging langsam, Lottis besorgten Blick im Rücken, davon.

»Was hat er bloß?«, fragte sich diese. »Bis vor ein paar Minuten war er doch noch bester Dinge, von Unwohlsein keine Spur.« Sie beschloss, nach der Feier noch einmal nach ihm zu sehen.

Einige Stunden später, die Bergers hatten sich nach einem schönen Zusammensein bereits wieder auf den Heimweg gemacht, schlug auch Lotti den Weg Richtung Wohnbereich ein, nicht ohne zuvor in der Küche um etwas Kamillentee für Jakob gebeten zu haben. Den Becher in der Hand, hielt sie an seiner Zimmertür und klopfte zaghaft.

»Herr Michalski, ich bin es, Frau Lorenz. Ich habe Ihnen etwas Tee gebracht.«

Von innen hörte Lotti schlurfende Schritte. Ein immer noch in festlicher Robe steckender Jakob öffnete die Tür.

»Wie nett von Ihnen, kommen Sie doch herein«, sagte Jakob, nahm der alten Dame die Tasse ab und wies ihr den Platz auf dem einzigen Stuhl im Zimmer zu. Er selbst ließ sich wie üblich auf das Bett sinken und schaute Lotti nachdenklich an.

»Geht es Ihnen schon besser?«, fragte diese, sich wundernd, den vermeintlich Kranken nicht im Pyjama oder zumindest Alltagskleidung anzutreffen.

»Nun ja«, Jakob wiegte bedächtig den Kopf

hin und her, »genau genommen ging es mir gar nicht schlecht. Also nicht *richtig* schlecht, wenn Sie verstehen, was ich meine.«

»Oh, war Ihnen unsere Gesellschaft unangenehm?«, Lotti runzelte die Stirn. »Vielleicht hätte ich Sie lieber vorwarnen sollen, dass ich noch Besuch bekomme.«

»Nein. Nein, wirklich nicht!« Jakob sah Lotti jetzt direkt in die Augen. »Sagen Sie, komme ich Ihnen vielleicht irgendwie bekannt vor? Ich meine, aus der Zeit, bevor Sie mich heute Nachmittag abgeholt haben?«

»Ja natürlich, Sie waren mir schon einmal in der Turnstunde und beim Singen aufgefallen. So ganz unauffällig haben Sie sich da ja wirklich nicht aufgeführt«, erwiderte Lotti mit einem leisen Lachen.

»Das meine ich nicht«, entgegnete Jakob ungeduldig und fuhr sich mit den Fingern durch die spärlichen grauen Haare, »ich meine, könnte es sein, dass Sie mich von früher her kennen?«

Lotti musterte Jakob mit zur Seite geneigtem Kopf und antwortete nach einer Weile bedauernd: »Mein Gustav und ich hatten so einen großen Freundeskreis und kannten durch unsere Gaststätten wirklich viele Menschen, da merkt man sich nicht jedes Gesicht.«

»Nein«, erwiderte Jakob, inzwischen der Verzweiflung nahe und schien ihre Unwissenheit mit fuchtelnden Händen wegwischen zu wollen, »*viel* früher, als Sie noch ganz jung waren und ich natürlich auch. Sagt Ihnen der Name Jakob etwas? Der Tanz in den Mai, im *Blauen Ochsen*, nicht weit von hier. Das Lokal gibt es schon lange nicht mehr.«

Lotti blinzelte, dann weiteten sich ihre Augen. »Ja, einen Jakob kannte ich mal«, noch einmal betrachtete sie den alten Herren. Meine Güte, die leicht abstehenden Ohren, die lange, gebogene Nase, natürlich!

»Jakob? *Der* Jakob, der immer bei uns in der Bäckerei sein Brötchen gegessen hat, als ich noch ein junges Mädchen war, und der mich nach dem Tanz in den Mai nach Hause brachte? Das kann doch nicht wahr sein, das ist eine Ewigkeit her! Und ich kannte ja noch nicht mal Ihren Nachnamen. Sie sind es wirklich?«

Jakob nickte.

»Mal ehrlich«, sagte Lotti, »wie haben Sie mich denn wiedererkannt? Wir haben uns beide so sehr verändert, es liegt ja nun mehr als ein halbes Jahrhundert dazwischen.«

»Habe ich nicht«, antwortete Jakob ehrlich, »jedenfalls nicht gleich, aber Ihre Tochter sieht Ihnen als junge Frau verflixt ähnlich. Und als ich dann den Namen Ihres Cousins hörte, konnte ich eins und eins zusammenzählen. Ganz sicher war ich mir allerdings nicht. Schließlich waren Sie ja damals plötzlich wie vom Erdboden verschluckt und das, wo ich mich doch so sehr in Sie verguckt hatte«, gestand Jakob und bekam allein bei der Erinnerung beinahe wieder rote Ohren.

»Nun sagen Sie bloß! Und ich dachte, ich wäre einfach irgendeines von vielen Mädchen für Sie gewesen.« Verblüfft und kichernd wie ein Teenager schlug sich Lotti die Hand vor den Mund.

»Wissen Sie was? Ich laufe eben zu meiner Tochter und bitte sie, die Flasche Sekt aus dem Kühlschrank zu holen, die meine Verwandten mir mitgebracht haben, und dann erzählen Sie mir alles!«

»Ja, Sie mir aber auch!«, rief Jakob der davoneilenden Lotti nach, als diese schon fast an der Tür angekommen war.

»Es ist schon verrückt, welche Überraschungen das Leben doch manchmal auch für einen alten Menschen noch bereithält«, dachte Jakob und schüttelte verwundert und leise vor sich hinschmunzelnd den Kopf.

Jakob und Lotti saßen an jenem denkwürdigen Abend noch ein Stündchen zusammen, tranken Sekt, boten sich ein zweites Mal in ihrem Leben das *Du* an und staunten über ihr Wiedersehen.

Lotti berichtete, warum sie Jakob an jenem Abend ihren baldigen Umzug verschwiegen hatte und Jakob gab lachend zu, dass er damals einfach zu feige gewesen war, rechtzeitig bei seiner neuen Flamme zu klingeln.

Gemeinsam stellten sie fest, dass es eben ganz andere Zeiten gewesen waren, in denen räumliche Trennungen ein viel größeres Problem dargestellt hatten als im Hier und Jetzt.

»Heute gucken die jungen Leute einmal in

ihrem Computer nach und wissen, wo jemand zu finden ist oder können sich sogar beim Telefonieren anschauen. Das alles gab es ja zu unserer Zeit noch nicht«, bemerkte Jakob.

»Ach, aber es fallen dafür auch so schöne Dinge weg wie echte Briefe von echten Bekanntschaften«, sinnierte Lotti.

»Wer schreibt sich denn heute noch auf richtigem Papier und wartet sehnsüchtig, bis der Postbote Wochen später das Antwortschreiben bringt.« Auf das Gesicht der alten Dame stahl sich bei diesen Worten ein beinahe sentimentaler Ausdruck.

Jakob, schon immer pragmatisch veranlagt, hatte eine Idee: »Sag mal Karla, nein, Lotti, hättest du nicht Lust, mir morgen beim Dekorieren meines Zimmers zu helfen? Ich habe da einfach kein Händchen für. Es gibt so viel zu erzählen und wir könnten das Angenehme mit dem Nützlichen verbinden. Was meinst du? Natürlich nur, wenn du magst.«

Das ließ sich Lotti nicht zweimal sagen, denn sie war gespannt darauf, was ihre wiedergefundene Bekanntschaft zu berichten hatte, und wenn sie ehrlich war, fielen ihr nach dem anstrengenden Tag und dem Sekt bereits die Augen zu.

»Also treffen wir uns morgen?«

»Aber sicher«, antwortete Lotti und zwinkerte Jakob zu, »ich will doch wissen, wie es dir in all den Jahren ergangen ist!«

Erinnerungen, 25. Oktober 2014

»Hach, ich liebe solche Kramkisten, sie bergen so viele Erinnerungen«, schwärmte Lotti und zog aus einem der Pappkartons einen bunt bemalten Holzelefanten hervor.«

Jakob warf einen kurzen Blick auf das Andenksel. »Den haben Marie und ich vor Jahren aus einem Indienurlaub mitgebracht.«

»Wie habt ihr euch eigentlich kennengelernt, deine Frau und du?«

»Sie war Mandantin in der Rechtsanwaltskanzlei, in der ich meine Lehre zum Buchhalter gemacht habe und danach angestellt war. Nach unserer Hochzeit ist Marie zu mir in das Haus meiner Familie gezogen. Später bekam ich dann den Arbeitsplatz bei der Staatsanwaltschaft, und nachdem meine Mutter gestorben war, haben wir uns eine Eigentumswohnung in der Stadt gekauft.

Aber du warst auch verheiratet, nicht wahr? Hast du außer deiner Tochter noch weitere Kinder?«

»Oh ja«, antwortete Lotti schmunzelnd, »vier an der Zahl. Ein Mädchen und drei Jungen, da war immer etwas los! Regine ist mit sechzehn Jahren hierher in meine Geburtsstadt gezogen, weil sie einen Ausbildungsplatz gefunden hatte und während der Lehre bei meinem Cousin und seiner Frau wohnen konnte. Dann lernte sie hier ihren jetzigen Mann kennen und lieben und blieb.«

»Alle Achtung, so eine große Familie!«, staunte Jakob. »Aber sag mal, wie kommst du eigentlich von Karla auf den Namen Lotti?«

»Wie du ja seit gestern weißt, ist mein richtiger Name Karlotta. Meine Eltern und Freunde riefen mich aber immer Karla, weil das eben schneller ging«, antwortete die alte Dame lächelnd, »und als ich dann meinen Gustav kennenlernte, gab der mir den Spitznamen Lotti. Bei der Hochzeit nahm ich seinen Nachnamen an, und so wurde aus Karla Berger eine Lotti Lorenz.«

»Na, da soll mal einer drauf kommen! Nun ja, du kanntest von mir ja noch nicht einmal den Nachnamen«, murmelte Jakob.

»Ja, das stimmt«, erwiderte Lotti, »und wo genau du gearbeitet hast, wusste ich auch nicht. Sonst hätte ich gerne noch mal Kontakt zu dir aufgenommen. Zumindest, um dir zu sagen, wo ich abgeblieben war, denn ein ganz schön schlechtes Gewissen hatte ich schon damals. Allerdings war ich auch enttäuscht, weil ich dachte, ich wäre dir nach dem Abend ganz egal gewesen. Ich wusste ja nicht, dass du dich einfach nicht getraut hattest, bei uns zu klingeln. Und ich würde lügen, wenn ich behaupten täte, dass ich nicht auch ein kleines bisschen in dich verschossen war«, ergänzte sie verlegen.

»Was wohl aus uns beiden geworden wäre, hätte die Arbeit deines Vaters euch nicht gezwungen, in eine andere Stadt zu ziehen?«, überlegte Jakob laut.

Lotti, die gerade ein Spitzendeckchen auf dem Tisch platzieren wollte, hielt in der Bewegung inne.

»Tja, wer weiß das schon? Es gibt wohl im Leben eines jeden Menschen Momente, an denen er an einer Weggabelung ankommt. Hat man dann erst einmal freiwillig oder unfreiwillig einen der Pfade eingeschlagen, fragt man sich hinterher schon so manches Mal, was einen am Ende des anderen Weges erwartet hätte.«

Die beiden alten Leute räumten noch eine ganze Weile weiter und diskutierten, welches Teil sich wo am besten machte, als Lotti eine kleine Holzschatulle auf dem Boden eines

Kartons entdeckte.

»Oh, darf ich die aufmachen?«, fragte sie neugierig.

»Sicher«, antwortete Jakob, »ich weiß selber gar nicht mehr, was darin ist. Vieles haben meine Nachbarn beim Helfen einfach aus den Schränken genommen und in die Kisten gelegt.«

Das Holzkästchen war mit Intarsien verziert und hatte einen filigranen Metallverschluss, den Lotti vorsichtig öffnete.

»Aber, das ist doch …«, stammelte sie.

»Ach das! Das hat Marie an dem Tag kurz vor unserer Hochzeit gefunden, an dem ich sie meiner Mutter vorstellen wollte. Sie musste am Bahnhof auf mich warten, weil ich mich verspätet hatte. Einer junge Dame war anscheinend das Armband gerissen und vom Handgelenk gerutscht, und Marie hatte es zu spät gesehen, um es der Frau noch zurückgeben zu können.

Mariechen sagte damals zu mir, sie wolle es als Talisman für unsere Zukunft aufbewahren. Und wie ich sehe, hat sie das wohl auch getan.«

Den kleinen bunten Pfau, der da vor ihr auf der Watte im Kästchen lag, kannte Lotti nur zu gut. Ihre Augen leuchteten, als sie Jakob ansah und aufgeregt zu erzählen begann.

Lotti, 22. Dezember 1958

Mit wehendem Schal und frierenden Ohren rannte Lotti auf den Bahnhof zu, schneller, als es sich eigentlich für eine junge Dame geziemte. Bereits in drei Minuten würde der Zug abfahren. Wenn sie Pech hatte, ohne sie.

So ein Ärger aber auch! Nie schaffte sie es, pünktlich und nicht außer Atem zu sein, schon gar nicht, wenn sie sich für längere Zeit von ihrer besten Freundin verabschieden musste. Seit dem Umzug sah sie Mathilde nur noch selten, schließlich lagen fast dreihundert Kilometer zwischen ihrer Heimatstadt und dem neuen Zuhause.

Nun hatte Lotti sich endlich einmal für ein paar Tage vom Imbiss loseisen können. Seit einer Weile konnten sie und Gustav sich Angestellte leisten, so dass wieder etwas mehr Zeit für private Unternehmungen blieb.

Und bald würden sie die neuen Mitarbeiter sogar noch mehr brauchen als jetzt, schmunzelte Lotti in sich hinein.

»Nein, keine Zeit mit Gedanken vertrödeln, du musst laufen, Lotti«, spornte sich die junge Frau selber an, hastete um die Ecke des Bahnhofsgebäudes, kam auf dem eisigen Untergrund ins Rutschen und schlitterte genau auf eine schick toupierte Dame in Wollmantel und hochhackigen Schuhen zu.

»Oh je, wer trägt denn bei diesem Wetter solches Schuhwerk?«, konnte Lotti, deren Füße in dicken Winterstiefeln steckten, gerade noch denken, bevor sie hilflos mit ansehen musste, wie ihr eigener Koffer gegen die schlanken Fesseln der fremden Blondine rammte.

Mit einem kleinen Schmerzenslaut drehte sich die Frau zu ihr um. Lotti blickte in ein erschrockenes Gesicht mit einer feinen Nase über dem vollen, rot geschminkten Mund.

Der Peinlichkeit noch nicht genug, öffnete sich die Schnalle des umgefallenen Koffers, dessen Inhalt prompt Richtung Bahnsteig drängte.

»Lassen Sie mich Ihnen helfen«, sagte die Dame in Lottis hastig hervorgebrachte Entschuldigungen hinein und beugte sich herunter, um die flüchtigen Kleidungsstücke wieder einzufangen.

Gerne hätte Lotti ein bisschen mit der freundlichen Unbekannten geplaudert, aber der Zug würde nicht warten, und so sprintete sie weiter, nicht ohne sich vorher mehrmals zu bedanken. Gerade noch rechtzeitig erreichte sie die oberste Stufe des Waggons.

»Geschafft!«, dachte Lotti erleichtert. Schnell drehte sie sich noch einmal um und hob ihren Arm zu einem letzten Gruß, da fiel ihr das fehlende Silberkettchen auf, das seit über einem Jahr einen festen Platz an ihrem linken Handgelenk gehabt hatte.

Sie reckte den Hals, um auf den Bahnsteig zu schauen und erspähte das Schmuckstück vor den Füßen der blonden Dame. Diese war ihrem Blick gefolgt und bückte sich, um es aufzuheben und Lotti zu bringen. Just in dem Moment fielen die Türen mit einem lauten Rumpeln vor Lottis Nase zu.

»Ach, was solls?«, dachte diese, ließ ihren Koffer im Gang stehen und zog schnell das nächstgelegene Fenster auf.

»Ist schon gut, behalten Sie es! Und vielen Dank noch mal!«, rief Lotti der fremden Frau zu, die mit ratlosem Blick auf dem Bahnsteig zurück geblieben war.

Mathilde hatte Lotti das zierliche Armkettchen mit dem Pfauen-Anhänger vor einem Jahr als Glücksbringer geschenkt. Und ihr Glück, das wusste Lotti genau, hatte sie nun wahrhaftig gefunden.

Diese Weihnacht würde sie ihren Gustav mit einer ganz besonderen Nachricht überraschen, dachte die junge Frau voller Freude, denn das neue Jahr sollte sie zu einer richtigen Familie machen.

Die hübsch gekleidete blonde Dame auf dem Bahnsteig hatte ausgesehen, als hätte auch sie etwas Wichtiges vor, und vielleicht würde sie den kleinen Talisman dafür sogar ganz gut gebrauchen können, sinnierte Lotti, holte ihren Koffer und ließ sich mit einem zufriedenen Seufzer auf den nächsten freien Sitzplatz sinken.

Dieser Zug würde Lotti zu Gustav und in ihr gemeinsames Zuhause bringen. Und nirgendwo anders wollte sie hin.

Jedes Ende ist ein Anfang, 25. Oktober 2014

Jakob zog die Bettdecke bis über das Kinn und betrachtete die fächerförmige Anordnung der Strahlen, die das Licht einer Straßenlaterne an seine Zimmerdecke warf.

Es war spät geworden heute. So spät, dass er es nicht mehr im Hellen zur Parkbank geschafft hatte. Dabei wollte er Marie doch so viel berichten. Vielleicht sollte er sich aber ohnehin lieber auf eine rein gedankliche Unterhaltung mit seiner verstorbenen Frau umstellen. Man wusste schließlich nie, wer sonst noch so mitlas, und nicht bei jedem heimlichen Leser wären seine privaten Angelegenheiten so sicher aufgehoben wie bei Lotti.

Mit deren Hilfe hatte jetzt alles in Jakobs Schränken und Vitrinen seinen Platz gefunden. Ebenso wie in seinem Kopf, wo fehlende Teile vom Puzzle seines langen Lebens endlich an der richtigen Stelle platziert worden waren und das bisher lückenhafte Bild komplettierten.

Der alte Mann schloss langsam die Augen und konzentrierte sich ganz auf das liebe Gesicht, das vor seinem inneren Auge auftauchte.

Liebste Marie,

heute schreibe ich Dir nur in Gedanken.
Du ahnst ja nicht, was ich Dir alles zu erzählen habe.
Eines schon mal vorweg: Du hattest recht, man trifft sich offensichtlich tatsächlich immer zweimal! …

Epilog

Licht, Liebe und Leben finden wir in den Menschen, die in unseren Gesundheits- und Lebenseinrichtungen viele Tage gemeinsam verbringen. Einige Bewohner leben mehr als 20 Jahre in unseren Einrichtungen, sodass es durchaus richtig erscheint, von einem eigenen Lebensabschnitt zu sprechen.
Viele Erinnerungen und Geschichten durchdringen die Gemächer und bereichern unser (Berufs-)Leben mit Licht. Ein guter Grund, diese Erfahrungen, verpackt in einer Erzählung, als unvergängliche Seele zu publizieren. Gedächtniswelten sind Geschichten, die sich ins Gedächtnis einprägen. Sie berühren unsere Seele und ermöglichen uns, neue innere Welten zu bereisen.
Wir danken allen Mitwirkenden für das Geschenk ihrer Erfahrungen, die für sich einmalig und jeweils in anderer Form doch wiederkehrend sind und freuen uns, dass wir mit unseren Gesundheits- und Lebenseinrichtungen durch diese Trilogie eine kleine Tür in die Welt des gehobenen Alters öffnen können.

Den Anstoß für dieses Projekt gab die Beobachtung, dass von Bewohnern erzählte Lebensereignisse und wertvolle Erfahrungen häufig für immer im Universum der Erinnerungen verschwinden.

Ist es nicht unsere Aufgabe, so viel wie möglich für die Zukunft festzuhalten und daran zu erinnern, dass jegliche Geschichte ein Teil unserer Welt ist?

Marcus Mollik
Geschäftsleitung
Residia Care Holding GmbH & Co. KG und
WH Care Holding GmbH

Danksagung

Jedes Projekt beginnt irgendwann einmal mit einer Idee. Mein Dank gilt deshalb insbesondere Herrn Mollik und der Residia GmbH, welche den Anstoß für das Vorhaben »Gedächtniswelten« gaben, und ohne die eine Umsetzung in dieser Form nicht möglich gewesen wäre.

Herzlich bedanken möchte ich mich auch bei meiner Cousine Sandra Pawlak, die den Kontakt zwischen der Residia GmbH und mir herstellte.

Die Arbeit mit Senioren war mir bereits aus meiner früheren Tätigkeit als Ergotherapeutin vertraut, die Vorstellung, ihre Erzählungen und Lebenserfahrungen in einem Roman neu aufleben zu lassen, weckte sofort meine Begeisterung.

So entstand innerhalb eines Jahres, in dem die Bewohner der Residia in zahlreichen Gesprächen ihre glücklichen und traurigen Erinnerungen mit mir teilten, *Jakobs Briefe*, der erste Teil unserer Trilogie »Gedächtniswelten«.

An dieser Stelle möchte ich ganz besonders den Einsatz von **Frau Schuldt** und **Frau Zackariat**, bei-

de Bewohnerinnen der Residia GmbH, hervorheben, aus deren Erinnerungsschatz manch eine Episode stammt, die ich in Jakobs und Lottis imaginäre Lebensgeschichten einfließen ließ.
Die Stunden mit den beiden Damen, in denen ernste Erlebnisse geschildert, aber auch reichlich Lachtränen vergossen wurden, werden mir noch lange in Erinnerung bleiben.
Dem ersten Teil der Gedächtniswelten sollen zwei weitere Bände folgen, und ich freue mich schon jetzt auf kommende Zusammenkünfte und die Zusammenarbeit mit den Senioren an unserem gemeinsamen Projekt.

Claudia Krüger

Nach ihrer Berufslaufbahn als Ergotherapeutin und Erzieherin/Medienpädagogin sowie nebenberuflicher Tätigkeit als Sängerin und Autorin entschloss sich Claudia Krüger, ihr Hobby zum Beruf zu machen und studierte Journalismus.
Seit 2009 arbeitet sie als freie Journalistin und Redakteurin für Technik-Magazine sowie als Autorin mit Veröffentlichungen in den Bereichen Lyrik und Belletristik.

Lesen Sie auch den 2. Band unserer Trilogie

Mehr zum Projekt **Gedächtniswelten** finden Sie auf unserer **Homepage:**
http://gedaechtniswelten.de
und auf unserer
Facebook-Präsenz:
www.facebook.com/gedaechtniswelten

Kenner brauchen Könner

Wir suchen Sie als Profi für Leben und Gesundheit

Ein Orchester ist nur so gut wie seine Musiker. Deshalb suchen wir Sie für die Symphonie, mit der wir unsere Bewohner jeden Tag neu begeistern.

Bewerben Sie sich für einen unserer attraktiven Standorte. Wir freuen uns!

WH CARE
Holding Deutschland GmbH

WH Care Holding Deutschland GmbH
Steinriede 14 | 30827 Garbsen | Tel. 05131-4611555
Email: personal@wh-care.de | www.wh-care.de